文庫 1

維新草莽詩文集

新学社

装幀　友成　修

カバー画
　パウル・クレー『眼』一九三八年
パウル・クレー・センター蔵（ベルン）
協力　日本パウル・クレー協会

河井寛次郎　作画

目次

藤田東湖（一八〇六〜一八五五）　5
月　性（一八一七〜一八五八）　17
頼　三樹三郎（一八二五〜一八五九）　24
吉田松陰（一八三〇〜一八五九）　28
橋本左内（一八三四〜一八五九）　62
関　鉄之介（一八二四〜一八六二）　74
清川八郎（一八三〇〜一八六三）　89
吉村寅太郎（一八三七〜一八六三）　91
伴林光平（一八一三〜一八六四）　96
佐久間象山（一八一一〜一八六四）　122
真木和泉（一八一三〜一八六四）　132
平野国臣（一八二八〜一八六四）　156
久坂玄瑞（一八四〇〜一八六四）　167
武市瑞山（一八二九〜一八六五）　197

野村望東尼（一八〇六〜一八六七）205
坂本龍馬（一八三五〜一八六七）213
高杉晋作（一八三九〜一八六七）228
河井継之助（一八二七〜一八六八）254
雲井龍雄（一八四四〜一八七〇）269
歎涕和歌集 281
作者略伝 346

藤田東湖（一八〇六〜一八五五）

水藩重臣、名は彪、通称誠之進。斉昭に仕ふ。安政二年江戸藩邸にて震死

いたづらに身をば歎かじ灯火のもゆる思ひを世にかかげばや

寄燈述懐

弘化元年五月五日の日、中納言の君の御供に仕へて、江戸の小石川なる屋形に着きしに、其の明る日君の駒込なる館にひそまり給ふべきの仰を蒙り賜ひ、彪も戸田忠敞等と共に罪かふむりて、則ち小石川なる仮りの宿りにこもりぬべき仰をかしこみて

明けき君にたぐへていたづらに世を思ひこし身ぞおほけ無き

すてばやと思ひし身さへながらへて君を常磐に祈る世ぞうき

同頃をりをり、窃かに訪来る人の懇に慰めければ

呉竹のうきふしなにそ千早振かみにちかひてまなほなる身に

古書をうつしとるとて

朝な朝なうつしてぞみる石の上ふるき書こそかがみなりけれ

春の初健次郎が許へ武者絵てふものを送るとて

梓弓はるのあそびのたはむれもふみなたがへそもののふの道

鹿島なるたけみかつちのそのたけき神のしわざを心してしか

月前述懐

うきくさの罪えざりせば三とせまで角田川原に月を見ましや

誰れかまた我をしのばんいにしへの人なつかしき秋の夜の月

嘉永六年仰ごとによりて海防のことにいそしみ仕へまつりける頃

かきくらすあめりか人に天つ日のかかやぐ邦の手風見せばや

題しらず

五月蠅（さばへ）なす阿墨利加いかに日の本の光り輝く御代と知らずや

玉ほこの陸奥こえて見まほしき蝦夷が千島のゆきのあけぼの

槍

八千矛の一すぢことにここだくのえみじの首つらぬきてまし

桜

三吉野に咲くやさくらは敷島のやまとの国のひかりなるらん

時鳥を聞きて

天つ日をおほへる雲のさみだれに山ほととぎす鳴わたるらし

鹿島がた怒りて立たむ浪もがな人は卯月の十六夜のそら

謫居。答《フ》二豊田天功寄《セテ》レ詩《ヲ》見《ルニ》レ唁《ハ》次韻。

頑鈍慙《クハ》無《キヲ》二先見《ノ》明一。愚忠欲《ス》レ効《サント》奉公《ノ》誠。胸中《ノ》偉略渾《テ》無《ク》レ用。匣裏《ノ》宝刀空《シク》自《ラ》鳴《ル》。埋《ムルノ》レ海《ヲ》愁心何《ノ》日《カ》竭《キン》。回天《ノ》事業曷《ノ》時《カ》成《ラン》。憑《リテ》レ君《ニ》寄語《ス》同盟《ノ》友。万死猶《ホ》存《ス》魏闕《ノ》情。

有客贈一酒瓢者。愛翫不置。賦瓢兮歌。

瓢兮瓢兮我愛汝。汝嘗熟知顔子賢。陋巷追随不改楽。瓢兮盍以美禄延天年。天寿有命非汝力。声名猶附驥尾伝。瓢兮瓢兮我愛汝。汝又嘗受豊公憐。金装燦爛従軍日。一勝加一百且千。千瓢所向無勍敵。叱咤忽握四海権。瓢兮瓢兮我愛汝。悠悠時運幾変遷。亜聖至楽誰復踵。大閤雄図何忽焉。不用独醒吟沢畔。只令長酔伴謫仙。瓢兮瓢兮我愛汝。汝能愛酒不愧天。消息盈虚与時行。有酒危坐無酒顚。汝危坐時我未酔。汝欲顚時我欲眠。一酔一眠吾事足。世上窮通何処辺。

歩韻酬友人見寄

奔走風塵十五年。跡踪居処幾変遷。失脚忽墜陥阱裏。何問酒家門外涎。猶澆薄醪培気力。且将禿筆耕心田。経済敢望管葛業。述作欲執班馬鞭。尚友偶及文宋瑞。土室三

年混腥羶。一篇長歌浩然気。許国丹心金石堅。孝子即忠
忠臣孝。誰言忠孝不両全。譎居久廃湯与沐。枕衾坐視蟣
虱生。復知災孼非天作。讒譖多自中醸成。嘗憂戎狄日猖
獗。何図廟堂養獱獰。一念至此腸欲絶。不知何物破愁城。
忽有郷書伝消息。詩篇宛然見交情。交情既厚言亦文。不
負妙齢馳声名。戒君勿慕当世利。期君須伝千載馨。大道
湮晦非一日。志士発憤要闡明。大厦朽腐漸亦久。良匠用
心在経営。泄泄之徒何足云。人寿幾何俟河清。勧君及時
須勉励。大道未滅厦未傾。嗟予頑鈍不知機。阨窮遺佚与
死浜。万言策略百無用。七尺形軀一棄人。天錫此閑豈偶
然。擬将文辞託悠久。箪瓢屢空渇又飢。勢似孤城独苦守。
朝夕追随唯丹心。風檐展書対蒼昊。広居正位豈他求。孟
軻嘗独行其道。富貴従来不可求。孔聖亦曰従所好。請看
咫尺芸窻外。営営蒼蠅不可掃。

八月十八日夜。夢ニ攻ム二諳厄利亜ヲ一。

絶海ノ連檣十万ノ兵。雄心落落圧ス二胡城ヲ一。三更夢覚ム幽窓ノ下。唯
有リ三秋声ノ似タル二雨声ニ一。

秋日小梅邸ノ楼上

高楼臨ミレ水ニ水連レ空。駿嶽常山指顧ノ中。誰カ識ラン疎簾半垂ノ処。三
秋ノ風物老イシム二英雄ヲ一。

詠古雑詩二十首

其一

陰陽生ジ二日月ヲ一。赫然トシテ六合明ナリ。天神造化ノ功。蕩々豈ニ得ンレ名ヅクルヲ。
剣鏡万古ニ耀キ。皇統綿綿トシテ栄エ。茫茫タリ普天ノ下。孰カ不ランレ仰ガ二神京ヲ一。

其二

夢寐獲リ二宝剣ヲ一。一挙平ニス二中原ヲ一。畝傍皇都定リ。禋祀謝ス二神恩ヲ一。
物部直シ二殿内ニ一。久米衛ル二宮門ヲ一。敬神ト与二奮武一。確乎トシテ旧典存ス。

其三

肇国経綸ノ志。
乃命ジ二四道ノ将ニ一。
遷ス二都ヲ磯城ノ辺ニ一。
威令寰区ニ宣ブ。
敬シテレ神ヲ疾疫熄ミ。
忽チ聞ク海外ノ貢。
黎庶楽ム二豊年ヲ一。
遠ク自リ二任那一伝フルヲ。

其四

兵甲充チ二神庫ニ一。
皇綱頼テ以テ立チ。
稲粱実チ二屯倉ニ一。
宝祚無シレ有ルレ彊ル。
養ヒ二我ガ父ト与ヲレ母。
大道何ゾ明丁。
一意事フ二天皇ニ一。
不三必ズシモ羨マ二虞唐ヲ一。

其五

偉ナル哉倭建ノ命。
熊蝦不二敢テ抗セ一。
報国不レ辞セレ難ヲ。
宸襟頼テ以テ寛ナリ。
手ラ提ゲ二八尋ノ矛ヲ一。
請フ看ヨ草薙ノ劔。
撻伐取ル二其ノ残ヲ一。
神光万古寒。

其六

斎戒奉ズ二神教ヲ一。
虜酋懾レ且ツ服シ。
万里征韓ノ時。
到ル処悉ク平夷ス。
大魚夾ミ二龍船ヲ一。
国威一ニ何ゾ熾ナル。
怒潮送ル二皇師ヲ一。
請フ看ヨ韓人池。

其七

風俗淳且ツ美ナリ。
欲ス三広ク因ラント二有道ニ一。
四海仰ゲ二至治ヲ一。
文物可シ二以テ資ク一。
天皇不二自ラ足レリトセ一。
当年重ンズ二国体ヲ一。
海外徴ス二吉師ヲ一。
斯ノ道未ダ二曾テ岐レ一。

其八

弟兄譲リ二天位ヲ一。三載免ズ二課役一。
藹然トシテ礼譲淳ナリ。四海服ス二其仁ニ一。
慈愛及ブ二檕麗ニ一。誰カ知ラン聖帝ノ徳。
況ンヤ復タ王畿ノ民ヲヤ。淵源在リ二魯論ニ一。

其九

姦臣服シ二胡教ニ一。胡教果シテ何ノ益ゾ。
天闕致ス二蕃神ヲ一。綱常漸ク泊淪ス。
中物世ゝ紹ギレ志ヲ。蘇我禍可シレ徴ス。
慷慨独自ラ振フ。噫余不レ忍ビレ悚ルニ。

其十

権臣逞クシ二禍毒ヲ一。慨然殪シ二姦兇ヲ一。
跋扈乱ル二彝倫ヲ一。皇綱復タ一新ス。
天篤ク生ジ二鎌子ヲ一。遺像塔峰ノ上。
智略称ス二絶倫ト一。功烈映ズ二千春ニ一。

其十一

大権帰シ二外戚ニ一。萋斐身難クレ処シ。
皇綱漸ク不レ振ハ。漂淪ス西海ノ浜。
欲シレ収メント二摂関ノ柄ヲ一。空シク有リ二重陽ノ篇一。
抜擢ス翰林ノ臣。孤忠泣カシム二鬼神ヲ一。

其十二

文物頻リニ擬シレ唐ニ。
威武日ニ以テ沮ム。
歌詞醸シ二淫風ヲ一。
公卿学ブ二婦女ヲ一。

剣佩既去身。
不復知軍旅。
勿佐武人驕。
驕傲固其所。

其十三

諸藤漸凋衰。
平氏亦不久。
蛭島養姦雄。
兵馬帰其手。
爾来控御権。
非復九重有。
孰為覇府謀。
老黠有江叟。

其十四

断然斬胡使。
威令四海宣。
氈裘十余万。
覆没幾人還。
廟堂憂慮遠。
覇府策名全。
天人元一体。
烈風非偶然。

其十五

陪臣執国命。
天皇憤蒙塵。
奸兇忽就戮。
皇風一朝振。
悲哉中興業。
寸進又尺逡。
遺恨按劔詔。
千載泣神人。

其十六

我慕楠夫子。
雄略古今無。
誓建回天業。
感激忘其軀。
廟堂遂無算。
乾坤忠義孤。
空留一片気。
凛凛不可誣。

其十七

室町覇業衰。中原乱如麻。州郡任割拠。山河戦場多。
区区貪土壌。争得止干戈。休説甲与越。勝敗果若何。

其十八

猿面眼閃閃。叱咤捲雲塵。雄心浹六合。絶海遣万軍。
鶏林為震動。八道乱紛紛。勿徒譏驕貪。余威尚殷殷。

其十九

大義翊皇室。偉略御群雄。参河如雲士。廉耻自成風。
至徳天人服。四海属大同。悠悠二百載。徳輝照海東。

其二十

天欲振斯文。生我西山君。彰考正史就。尊攘大義伸。
乱賊以寒胆。隠然叙彝倫。英霊今尚在。愚臣復何陳。

述懐 有序略之

三決死矣而不死。二十五回渡刀水。五乞間地不得間。三
十九年七処徙。邦家隆替非偶然。人生得失豈徒爾。自驚

塵垢盈皮膚。猶余忠義塡骨髄。嫖姚定遠不可期。丘明馬遷空自企。苟明大義正人心。皇道奚患不興起。斯心奮発誓神明。古人有云斃而已。

和文天祥正気歌 有序略之

天地正大気。粋然鍾神州。秀為不二嶽。巍々聳千秋。
注為大瀛水。洋々環八洲。発為万朶桜。衆芳難与儔。
凝為百錬鉄。鋭利可割鍪。蓋臣皆熊羆。武夫尽好仇。
神州孰君臨。振古有天皇。皇風洽六合。明徳侔太陽。
不世無汚隆。正気時吐光。乃参大連議。侃々排瞿曇。
乃助明主断。燄々焚伽藍。中郎嘗用之。宗社盤石安。
清丸嘗用之。妖僧肝胆寒。忽揮龍口劔。虜使頭足分。
忽起西州颶。怒濤殲妖氛。志賀月明夜。陽為鳳輦巡。
芳野戦酣日。又代帝子屯。或投鎌倉窟。憂憤正愪々。
或伴桜井駅。貽謀何慇懃。或守伏見城。一身当万軍。

或殉天目山。
然当其欝屈。
長在天地間。
忠誠尊皇室。
一朝天歩艱。
孤臣困葛藟。
荏苒二周星。
屈伸付天地。
死為忠義鬼。

幽因不忘君。
生四十七人。
隠然叙彝倫。
孝敬事天神。
邦君身先淪。
君冤向誰陳。
独有斯気随。
生死又何疑。
極天護皇基。

升平二百載。
乃知人雖亡。
孰能扶持之。
脩文兼奮武。
頑鈍不知機。
孤子遠憒墓。
嗟予雖万死。
生当雪君冤。

斯気常得伸。
英霊未嘗泯。
卓立東海浜。
誓欲清胡塵。
罪戻及孤臣。
何以報先親。
豈忍与汝離。
復見張四維。

月性（一八一七～一八五八）

周防妙円寺住職清狂と号す。中瀬梅田等と交あり。安政五年に歿す

聞下田開港

七里江山付犬羊。震余春色定荒涼。桜花不帯羶腥気。独映朝陽薫国光。

執政浦太夫父子延見。賦此呈下執事

海天夜雨暗風雲。咫尺厳州望不分。大声瞞賊浦兵部。一隊船軍援義軍。横海老鯨容易斃。神山一掃滅妖氛。従此南征又北伐。水陸戦功常抜群。赫赫英名載国史。大書特筆紀殊勲。子孫食禄三千石。遥沿南海領封域。由来門閥生英主。藩台執政任権職。今公前後十余年。勤労久尽股肱力。輔佐君侯臨万民。燮理陰陽経二国。苞苴不行讒諛

遠《ク》。
忠勇《ノ》家風尚《ブ》㆓樸直《ヲ》㆒。
況《ンヤ》其家宰多《シ》㆓賢良㆒。
封邑近年庶政張《ル》。
文《ニ》有《リ》㆓賓師㆒武《ニ》壮士。
両堂研磨《ス》克己堂。
更《ニ》募《リテ》㆓民兵《ヲ》㆒編《シ》㆓隊伍《ヲ》㆒。
農壮商丁習《フ》㆓剣槍《ヲ》㆒。
人人趁《ク》㆑義《ニ》猶《ホ》如《ク》㆑渇《ノ》。
奮厲唯期《ス》㆑殲《サント》㆓犬羊《ヲ》㆒。
巨砲将《ニ》㆑成《ラント》大艦造《ル》。
足《ル》㆘以《テ》㆓家軍《ヲ》㆒守《ルニ》㆗一方《ヲ》㆖。
我今優待蒙《ル》㆓延見《ヲ》㆒。
温顔再《ビ》接《ス》桜花院。
真《ニ》是堂堂《タル》大国《ノ》相。
恩威並《ビ》溢《ル》春風《ノ》面。
下問従容及《ブ》㆓海防《ニ》㆒。
一片《ノ》丹心籌《ル》㆓決戦《ヲ》㆒。
退《キテ》㆓於別院《ニ》㆒見《ル》㆓郎君《ヲ》㆒。
杯酒辱《ク》陪《ス》春夜《ノ》醼。
既《ニ》酔《ウテ》劇談馳《ス》㆓捧喝《ヲ》㆒。
眼光猶閃《ク》双巌電。
嗚呼君家《ノ》父子国《ノ》干城。
内外為《ス》㆑治《ヲ》須《ク》㆓厲精《ス》㆒。
外夷強大過《グ》㆓陶賊《ニ》㆒。
水軍莫《レ》㆑辱《ムル》祖先《ノ》名。
若《シ》有《ラバ》㆔火船《ノ》来《ル》㆓海岸《ニ》㆒。
直《ニ》乗《ジテ》㆓風雨《ニ》㆒進《メヨ》㆓神兵《ヲ》㆒。
大声喝破《ス》夷蛮《ノ》胆。
金戈跨《リテ》㆑海《ニ》戮《ス》㆓長鯨《ヲ》㆒。
英風一㆓掃《シテ》妖氛《ヲ》㆒滅《ス》。
頼《リテ》㆑君《ニ》南海再《ビ》澄清《ナラン》。

贈《ル》㆔二十一回猛士《ノ》在《ルニ》㆓野山《ノ》獄中《ニ》㆒　毎句押韻

君不《ヤ》㆑聞《カ》
輿地球周九万里。
航海諸蛮由《ル》㆓一水《ニ》㆒。
大火輪船旋転《シテ》駛《ス》。
輾波千里猶弾指。
東海西洋無《シ》㆓遠邇㆒。
通《ジ》㆑商《ヲ》拓《キテ》㆑土《ヲ》不㆓窮已《セ》㆒。
我国神山環山峙《ツ》。
絶壁暗礁天造《ノ》塁。
皇基頼《リテ》固《シ》三千紀。
未《ダ》㆑

受外蛮凌辱恥。　東海墨夷元蠢爾。　近請幕廷開互市。　千年
綱紀一朝弛。　遂割神州養犬羊。　豆州南港霜田涘。　人禽雑
糅相接趾。　海内多難従此始。　慷慨何人不切歯。　義卿従幼
才雄偉。　食牛猛気於菟似。　十歳学兵知尽己。　将航海外兼
知彼。　独歩耽耽来虎視。　瞋怒犬羊図不軌。　海天決眥立沙
觜。　睥睨賊船長剣倚。　港口無人舟自艤。　万里之行託一葦。
定遠一朝投筆起。　祖狄中流撃楫失。　事覚身投官府委。　対
案極言航海理。　辞気抗然期万死。　幕府君臣胆皆褫。　遠算
雄図雖已矣。　胆略震恐天下耳。　裁決亦称忠意美。　唯問犯
邦厳禁罪。　特恩宥死帰桑梓。　枉作囚奴離怙恃。　九万鵬程
飛未徙。　歛翼半問獄舎痺。　鯤鯨遠水困螻蟻。　鸞鳳失枝棲
棘枳。　坐臥一茵曾不跬。　可憐猛士肉生髀。　猶道君恩得処
此。　人世福堂囹圄是。　忠義愛君填骨髄。　上書将逐鄒陽擬。
乃課三余惜寸晷。　読書万巻功頻累。　余力所揮文筆技。　亦

与名家相角抵。豈是浮文誇麗綺。満腔熱血淋漓紙。獄中日講勤皇旨。至誠感動幾姦宄。謂尊王室張綱紀。以攘夷狄拾青紫。嗚呼皕年昌平泰之否。天変地妖荐大傀。天将大任降之子。行払所為良有以。用猛他年必倍蓰。天下人人刮目俟。期子遠征執鞭弭。蛮狄伏罪干戈止。何日押中出虎兕。横行五大全洲裏。豺狼犬羊従駆使。墨俄暎仏倶風靡。太平磐石固基趾。樹立大東神国体。皇統聯綿伝剣璽。国祚万年京又秭。功業如此真罕比。特筆英名載国史。

曰二十一回猛士。吉田寅次義卿氏。

輓渋木生

審夷航海計何長。事覚幽囚病且亡。知汝憤魂瞑不得。騎鯨飛度大東洋。

吉田松陰曰。僕為渋生請挽詩甚力。上人僅以二十八字塞責。頗以為恨。今細読之。其言短。其意則長。渋生以足瞑矣。

無題

多年説法竭精神。　草莽間興憂国民。　今日藩台伝内命。　公然許諭二州人。

酔後放歌

作詩不欲為尋常之詩人。　放吟満腹吐経綸。　飲酒不欲為尋常之酒客。　一酔胸中躍兵戟。　近歳西邦啓小戎。　遂使余波及大東。　沿海頻伝蛮舶見。　要衝藩鎮議防戦。　我居方外志難酬。　詩酒清狂消杞憂。　安得袈裟当甲冑。　如意指揮攘外寇。　撃砕艨艟海底沈。　一戦長絶覬覦心。　不効満清和戎議。　肯許犬羊割土地。

鉄槍歌 并引

甲寅十月。　説法於執政浦氏采邑某寺。　明弁外寇邪教之害。　以諭邑人。　其意専在振興士気。　維持民心。　邑宰秋良氏。　謂裨益於時務。　与諸壮士謀。贈鉄槍一柄。以表其感。余又自壮之。
乃作鉄槍歌。

天華散乱法王場。指揮如意説辺防。八面談鋒三尺喙。鋭利如槍不可当。大声不入里人耳。聞者驚愕走且僵。但我赤心憂国誠。徹透武人金鉄腸。布施来謝維何物。伝家丈八緑沈槍。良工百錬一条鉄。三稜磨刃凛秋霜。預期決戦攘夷日。縦横馳突貫豺狼。善用鉄槍驍勇号。不譲朱梁王彦章。

読横浜会盟載書。憤然而賦。

辱莫辱於城下盟。廟堂諸老若為情。東溟難洗墨夷勅。日本国王遵奉名。

又

雖指将軍呼国王。既称日本則天皇。威権久掌征夷職。忍使神孫屈犬羊。

又

我雖方外亦王臣。敵愾心期靖虜塵。不分満廷当局者。講和潤色太平春。

偶成

未斬江門跋浪鯨。又聞崎澳海波驚。駅亭昼夜伝飛檄。幕府東西召戌兵。蒸気船過飛電影。震天砲発迅雷声。愁来起坐観天象。熒惑昏当兌位明。

聞魯西亜船入摂海。驚而作

不厳兵備扼要津。夷艦飛来摂海浜。方外未能投筆起。愧他燕頷虎頭人。

逸題

報国之時時則然。与君把臂稍怡顔。感恩一滴丈夫涙。期灑三千世界間。

頼 三樹三郎（一八二五〜一八五九）

山陽の第三子名は醇。安政の大獄に囚はれ六年十月刑死。年三十四

浮雲のおほふ姿はかはれどもよろづ代おなじ天つ日のかげ

今様題しらず

かへりみる比枝の山影くもりけり我が行さきはしら雲のそら

鈴鹿山嶺にて

けさは猶ひとやのうちの心地して夢よりゆめにわたる山みち

三月五日殊にのどけき日なりとて囲の外なる障子をひらきし時に

吹き入るる春風しろし世の中は野山ひとつの花となりなむ

暮春雨

うき人のいとも淋しきこの軒に雨をのこしてくるる春かな

海辺述懐

海のそこやぶるばかりに笛ふきてうまいの龍に声聞かせてむ

鳥

けふはけふ明日はあすはと明鴉鳴きてぞ過ぐるあれは誰が為

蚊遣火

蚊遣火のけむりに軒をはらはせて松かげきよき月をながめむ

格子の外に人々うちよりて植置きし朝貌の咲きけるを見て

日の影にうとき垣根のあさがほもなさけの露に花咲きにけり

月のさやかなると聞きて

男山むかしながらに照る月を太刀のひかりのさむきとぞ見る

過グ二箱根ヲ一

当年ノ意気欲スレ凌ガントレ雲ヲ。　快馬東ニ馳セテ不レ見レ山ヲ。　今日危途春雨冷ニ。　檻車揺シテレ夢ヲ過グ二函関ヲ一。

25　頼 三樹三郎

笠置潜幸図

天地何辺容聖軀。　満山風雨御衣濡。　宴安忘苦中興日。　遺恨無人献此図。

聴梅田雲浜等就囚慨然作

臨縛慨然賦節詩。　此詩幾万泣男児。　報天大義何驚死。　為国深仁豈顧危。　澹庵曾封誅賊表。　文山空詠憂国詞。　竹窓一夜惨垂涙。　家母驚為添感悲。

偶成

世俗従来不知機。　漫言和議是上謀。　戦勝三班岳飛恨。　馬市一開継盛憂。　神国為蛮誰不恥。　衣冠帰左又如猴。　世間若願天下浄。　先斬姦臣示虜酋。

酔時之歌。　書似道斎老盟博粲

清時飄落歳年多。　但把唫哦代頌歌。　休道此生無帝力。　一杯到手亦恩波。

辞世

題は一書に「獄中作」と書せり。

排シテレ雲ヲ欲ス三手ニ掃ハントニ妖熒ヲ一。失脚墜チ来ル江戸ノ城。井底ノ痴蛙ハ過ギ二憂慮ニ一。天辺ノ大月欠ク二高明ヲ一。身ハ臨ンデ二鼎鑊ニ一家ニ無クレ信。夢ニ斬リテ二鯨鯢ヲ一剣ニ有リレ声。風雨多年苔石ノ面。誰カ題セン日本ノ古狂生。

吉田松陰（一八三〇～一八五九）

名は矩方通称寅次郎。松下村塾を起す。安政の大獄に刑死。年三十

思ふ事ありて

啼かずあらばたれかは知らむ時鳥さみだれ暗く降つづく夜は

東へ出立つとき亡友金子重輔が事を思ひて

箱根山こごしき道をこえむ日は過ぎにし友になほやしのばむ

本国より檻車にて東へ下る時

今さらに言の葉艸もなかりけり五月雨はるるときをこそ待て

東に赴かむとする時一首を残して児玉の小姪に与ふ

今さらに驚くべくも有らぬなりかねて待ちこしこのたびの旅

菅公廟を拝して

そのかみの心づくしを思ふかな身をあづま路の旅にやつして

湊川にて

かしこくも君が御夢に見ゆときは消えむこの身を何か厭はむ

涙松集の中に

帰らじと思ひさだめし旅なればひとしほ濡るるなみだ松かな

題しらず

雪ふりて身にしみわたる日枝おろし心ぐるしき旅路なりけり

かくばかりものうき旅の旦さへもかはらぬものは富士の芝山

朝な朝なねぐらを出づる山がらす声きくだにも思ふふるさと

述懐

あけ暮に憂きことのみを思ふ身は夢を楽しむばかりなりけり

弥生十一日桜花に海棠の枝をさし交へて給はりければ

夢にだに目には触れじと思ひしに深きめぐみの花を見るかな

浅黄桜を花瓶にさして賜りければ

めづらしく浅黄桜のあさからでそこには匂ふくれなゐのはな

題しらず

住みなれし囚屋のうちも二百日はつかあまりになりにける哉

囹圄に共にありける人に送るとて

なれぬれば獄屋もさすがゆかしくて別れに忍ぶさみだれの頃

きのふ三人の義士を誅したりと聞きて

晴れつづく小春の空のしぐるるは討たれしひとのなげく涙か

つひに行く死出の旅路のいで立はかからんことぞ世の鏡なる

国のため討たれし人の名はながく後の世までも語りつがまし

留魂録をかき終りて

我が心ふでにつくして留むればおもひ残せることなかりけり

しもとうつ底にいでよと呼ぶ声の外にまつべきことのなき身は

露の身の散るをあはれと見ん人は草むすひにてえみし攘へよ

心なることのくさぐさ書きおきぬ思ひのこせる事なかりけり

呼び出しの声まつ外にけふの世に待つべき事の無かりける哉

討たれたる我をあはれと見ん人は君をあがめてえみし攘へよ

野村和作に与ふ

きみのみは言はでも知らむ我が思ふ心のほどは筆もつくさじ

冷泉雅次郎におくる

賤が身は世にあらずとも大空にくもりなき日の照さざらめや

佐々木氏に送る

時鳥いまをかぎりのしのび音を君がこころにあらずとや聞く

佐々木の叔母君に

今更におどろくべしや斯からむとかねて待ちつる終の旅路を

獄中の作

かくすれば斯くなるものと知りながら止むにやまれぬ大和魂

七たびも生きかへりつつえみしらを攘はむこころわれ忘れめや

刑に臨む時

親おもふ心にまさるおやごころ今日のおとづれ何と聞くらむ

諸妹に与ふ

心あれや人の母たる汝等（いましら）よかからむことはもののふのつね

安芸の国昔ながらの山川にはづかしからぬますらをの旅

君こそは蛙の声も聞きわかめたが為め夜ただなきあかすらむ

捕はれてゆく身にさへも黐鳥（もちどり）のかかるめぐみをいかで報いむ

一の谷討死とげしますら男を起して旅の道づれにせむ

待ちえたる時は今とて武蔵野にいさましく鳴く轡虫（くつわむし）かな

六月五日作

千五百秋大八洲。大陽昭乎皇統悠。安容猾賊海外内。膺懲廃矣名分晦。嗚呼孤臣此行万人観。生豈容易死亦難。

過大坂　六月十日

崇成雲表畳。　坐運海外軍。　平生攘夷論。　欲起此翁聞。

癸丑十月拝禁闕作

山河襟帯自然城。　形勝依然旧神京。　今朝盥嗽拝鳳闕。　野人悲泣不能行。　上林黄落秋寂寞。　空有山河無変更。　聞説今上聖明徳。　敬天愛民発至誠。　鶏鳴乃起親斎戒。　祈掃妖氛致太平。　安得天詔勅六師。　直使皇威被八紘。　従来英皇不世出。　悠悠失機今公卿。　人生如萍無定在。　何日重拝天日明。

出獄帰国之間雑感　甲寅歳九月十八日出幕獄。　十月二十四日帰国。繋野山獄。

去年雲外鶴。　今日籠中雞。　人事何嘗定。　皇天甚不斉。

去年九月十八日。　西遊発江戸。　象山翁送詩云。　孤鶴横秋旻。　今年八月十八日。　在江戸獄。　思去年事。　歩送詩韻示翁。　翁詠国風云。　以久斗志茂。　志羅伝也去年乃。　古能呉呂者。　幾味遠曾良由久。　田鶴仁多斗辺志。　及九月十八日出獄。　檻輿帰邸。　途中有此作。

又

去年策急務。于今不見収。忽聞浪華警。驚嘆不堪憂。去年

予作急務策。言上国守備単弱。浪華宜厳備事。松浦竹四郎携至京師。智恩院臣池内大学。採以作攘夷論。至江戸建言。而至今不見施行。発江戸日。聞浪華警。為之愕然。

詠史八首

因読靖献遺言而作

屈原

秦国情不測。張儀多詭詞。懐王聴不聡。上官逞忌猜。
内為姦邪擾。外為強敵窺。国事日益非。愁思乱如糸。
宗臣不得君。偸生尚為誰。懐石沈汨羅。汨羅千古悲。

諸葛亮

吾観三代下。無如忠武侯。将略演陣図。巧思及木牛。
豪気呑呉蜀。精忠報国讎。娶婦正得醜。明罰足服仇。
細大与精粗。豈特管楽儔。尤憐出師表。大義掲千秋。

陶潜

龔勝拒葬官。夷斉恥周粟。
聖賢道自同。高義耀紀録。
王者遂不死。帝緒難復続。
身是宰輔後。寧為不義辱。
叢菊帯露鮮。寒松侵雪緑。
潯陽人久亡。至今照人目。

顔真卿

出入四朝臣。威望振寰宇。
入在朝廷間。輒不容宰輔。
及其陥於賊。賊欲延為主。
逆賊与奸権。視公如貔虎。
公兄曰杲卿。罵死余勇賈。
噫如公兄弟。双美高千古。

文天祥

徳祐已西遷。景炎亦尋崩。
尚有度宗子。誓欲謀隆興。
事敗遂為執。苦節霜雪凌。
月性云。夫子自道。
弘範与博羅。欲屈終不能。
一篇正気歌。忠義到今称。
誰言成何功。永垂臣子縄。

謝枋得

対策詆時宰。　毀家当辺儲。　国亡却元薦。　志厲詞容与。
雪松愈青青。　畳山老真儒。　吾曾読公選。　玩索意有余。
諸葛出師表。　澹菴斬檜書。　想公釆録時。　其意定如何。

劉因

保定古幽冀。　没胡且百年。　可憐此間民。　不知其所天。
尚含故地気。　肯混羯狗羶。　屢召不可屈。　処士節乃全。
得時行道者。　顕栄世称賢。　燕歌一曲耳。　薫蕕千古伝。

方孝孺

莫惨燕逆誅。　莫烈希直節。　坐死千余人。　親旧尽時傑。
慰喩不草詔。　哭罵割其舌。　公文時有禁。　極天不可滅。
永楽簒大全。　精金映鉱銕。　正学雖死矣。　種子未嘗絶。

月性云。語気凛々。字挟風霜。○黙霖云。義卿仮他人。発自己之意者。

読白井九郎右衛門絶命詩。因次其韻哭之。 白井字子祚

矯矯壮士死天隈。垂死病中尚思魁。絶命一詩魂不滅。
勝他身在志先灰。

思友詩

按。平翁信濃佐久間象山。渋生長門金子重輔也。田城子宮部鼎蔵。永子永島三平。佐子佐佐淳次郎。共肥後人。金子変姓名称渋木松太郎。佐佐後改高原。

墨奴蔑神州。忍成城下盟。聊欲究八紘。聞之急治装。
重之以謌章。気節凛如霜。解衣加我裳。言短意偏長。

巨艦逼武昌。蒿目閲時事。平翁真吾師。西方田城子。
皇猷豈不顕。血涙収不得。雄豪独永子。笑出方輿図。

廟議重労民。憤懣発為狂。期我以非常。別魂欲飛揚。
思之勿暫忘。泣誓維皇綱。励吾進取情。指点送吾行。

月性云。果然乎。

上知雖難企。渋生真吾友。宝剱脱相贈。佐子忠貞士。
分手不忍去。離筵不敢泣。三子誠憂国。

望我或有成。　岐路叮嚀語。　語語徹中腸。　法網密不漏。
戮辱墜其名。　悲夫拙劣才。　期望負友生。　罪断送故国。
幽囚坐圜牆。　渋生罹篤疾。　弥留半歳強。　平翁信野裡。
山河三千程。　夜寒四無人。　愁思正茫茫。　廟議杳難測。
夷情深叵量。　就枕耿不寐。　神飄天一方。

哭渋木生　按金子重輔、有故更渋木松太郎。随先生投米艦。

駅舎与君訣。　匆匆不尽詞。　囚繋在各所。　消息不相知。
江海呑舟魚。　徒困半畝池。　籠鳥失故林。　未忘群飛時。
皷角自晨暮。　会見不知期。　夢魂尚相逐。　聞訃却自疑。
豈計生別離。　更為死別離。

読僧月性詩

余耳月性名。且十年矣。未目其面也。聞月性髠頂緇衣。耽詩使酒。宕跌多奇節。今得其詩而口之。頓得其心矣。耳目姑廃可也。

名利寰区贋作真。誰臨大節致其身。堂堂君子何顔面。方外却看憂世人。

又

雄文不但若長川。性命乃期為国捐。安心借問如何処。楠子墓辺卜墓田。

歩平象山先生送別韻却呈二首　癸丑九月

東方有俊傑。志尚素不群。常慕非常功。又愛非常人。
吾誤辱知愛。不知其所因。一別山河邈。情懐訴九旻。
蝸蝸涼涼者。孑立有誰憐。絶海千万国。何以得新聞。
国家方多事。吾生非不辰。涓埃有益国。敢望身後賓。

彤軒与彩籠。鸞鶴各為群。中有野鳥在。嘵嘵語喧人。
一朝被放去。自知禍福因。展翼飛凌雲。蒼蒼高秋旻。
下瞰一塊土。無不処比隣。回顧復一鳴。欲向旧巣聞。

別時叮嚀教。帰期及丙辰。此意吾自銘。敢後鴻雁賓。

下田獄中示渋木生　甲寅三月

不審夷情何馭夷。夷情深遠酷難知。航海誤来天下計。
男児寧作一身悲。

九月十八日。有憶象山先生。去年今日出江都獄。
与先生別。用大昨年今日去江戸時先生送別詩韻。

草木猶有類。禽獣猶有群。茫茫天地間。単独圜牆人。
栄利心全灰。功名路無因。鴻鵠失其翼。欲翰高九旻。
因思去年事。浮雲忽失隣。変遷雖切懐。周歳不可聞。
昔為膠与漆。今為参与辰。清風明月外。無復吾室賓。

十月廿四日。憶亡友渋木生。

去年今日与君別。一別遂為永世訣。棘垣鑰戸身儘安。宿
草荒墳恨漫切。死者無知将有知。料識幽魂遂未滅。鄂羅
議疆允所請。花旗求炭洋不閉。最是難測嘆咭唎。突然貢

艦来不絶。瓊浦豆海与箱港。枉附豺狼営窟穴。君逝一年
事百変。生無可楽志将折。幽魂髣髴尚来享。酒醴維清粢
盛潔。

松下村塾聯

自非読万巻書。寧得為千秋人。自非軽一己労。寧得致兆
民安。

示熊本諸友

使酒好剣動怒嗔。豪談雄弁見天真。孔聖在陳嘆帰乎。豈
得非思此種人。慎言謹行養名望。眉寿康寧世争珍。疏広
受宋王且。其在朝也俗或比之鳳与麟。醸来因循姑息風。
養成驕虜与強臣。吾来熊府接多士。熊府多士素温淳。聞
吾鯨呑剣発浩歌。掲臂叱咤気始振。苟使此気塞天地。古
道何曾憂荊棒。浮躁浅露似而非。巧言令色鮮矣仁。請見
山岳巍巍凌天起。江河蕩蕩捲地臻。

送中谷賓卿訪佐世八十郎于船木。遂訪伊藤静斎于馬関　按賓卿称正亮。八十郎則前原一誠也。

虜使胆如盆。幕吏茫無計。無計非無計。奸情臆又臆。世非無忠臣。百方艱叵済。雖則叵済哉。吾心匏尚繋。南郡二丈夫。其人美而慧。賓卿往問之。悲風故切切。

三月廿六日。村塾飲餞賓卿。時僧提山亦将有行。併送之　按提山。後還俗称松本鼎。

村塾開莚餞二雄。雄譚吐眉趣無窮。遊方不管糜年歳。威武唯当揚国風。興復寧無敵王愾。和親未可弛吾弓。江山養気男児志。先ト他年不世功。

示宇野精蔵

吾人有英気。譬之江有舟。可載万斛重。以凌千里流。嗚呼斯気待志故挺特。行舟全頼楫舵力。

示内藤与一郎

七子来兮来自嵩。巋然愛汝秀其中。高山突兀冲天際。気宇誰能与此同。

送周布公輔東行。按周布公輔。称政之助。後有故称麻田公輔。

武士雖死矣。顔存桜花紅。是自神州男子語。吾曾得之演史中。万方多難労廟議。爰就牀蓐起周公。周公奮曰死一耳。死蓐何如死国忠。二百年来恬且熈。吾士顔色久已空。庸人偸生生猶死。死也猶生是英雄。時維五月公疾去。桜花落尽緑濃濃。

示岡部富太郎 按名利済。字子楫。

何物増人智。天下無如書。読書不増智。何若鋤園蔬。国家今日士有用。岡生汝勿甘散樗。

示山根武治郎

学業有章程。妄意勿上下。源泉科皆盈。混混不舎夜。

日下実甫。次赤川淡水偶作。自江戸見寄示。

時中谷賓卿将赴上国。追歩其韵以為贈。

艸莽尚能恋帝闕。群帥何不賛皇威。墨夷反覆情難測。予備勿使汚邦畿。男児碌碌生在此。何若沙場快一死。中夜荒鶏鳴不悪。慷慨吾欲君蹶起。相送東望有啓明。到処知君有逢迎。茫茫王土幾男子。勿負王臣報国情。

偶作

季世威権帰将門。将門受侮屈夷蕃。九重勅発万邦震。今日始知天子尊。

秋良敦之助来別。時崎陽有尹夷警。先此墨夷亦来焉。知兵交不遠。賦此為別。時七月三日也

十年忘年友。今日復相逢。老気天地窄。雄談駆虎龍。四海驕鯨鰐。辺亭頻伝烽。幕府寛柔甚。勅旨発九重。九重勅旨発。諸侯未知従。南郡有君在。勤王第一鋒。

送岡部子楫遊長崎二首 節一

方斯多事日。君独向西行。西行是何意。洋陣学歩兵。 勤
王一戦君自任。赳赳武夫公干城。

将赴獄。留題村塾壁 十二月廿六日

宝祚隆天壌。千秋同其貫。何如今世運。大道属糜爛。
今我岸獄投。諸友半難及。世事不可言。此挙旋可観。
東林振季明。大学持衰漢。松下雖陋村。誓為神国幹。

将赴獄。贈佐世八十郎

吾儕報国志。満世人不知。雖則人不知。蒼天将知之。
直将区区身。去築神州基。人事有通塞。天道奚復疑。
衝雪向岸獄。此事絶世奇。佐世同志士。我故寄斯辞。

肖像自賛

三分出廬兮諸葛已矣夫。一身入洛兮賈彪安在哉。 心師貫
高兮而無素立名。志仰魯連兮遂乏釈難才。 読書無功兮樸

学三十年。滅賊失計兮猛気廿一回。人譏狂頑兮郷党衆不容。身許家国兮死生吾久斉。至誠不動兮自古未之有。人宜立志兮聖賢敢追陪。

己未五月。吾有関左之厄。時幕疑深重。復帰難期。余因以永訣告諸友。諸友謀使浦無窮肖吾像。吾自賛之。諸友其深蔵之。吾即磔市。此幅乃有生色也。

正気歌。次文文山韻。或云。此松陰東送檻中所作

正気塞天地。聖人唯践形。其次不朽者。亦争光日星。
嗟吾小丈夫。一粟点蒼冥。才疎身側陋。雲路遥天廷。
然当其送東。眼与山水青。周海泊舟処。敬慕文臣筆。
厳島鏖賊地。仰想武臣節。赤水伝佳談。桜留義士血。
和気存郡名。孰捫清丸舌。壮士一谷笛。義妾芳野雪。
墓悲楠子志。城仰豊公烈。倭武経蝦夷。田村威靺鞨。
嗟此数君子。大道補分裂。尾張連伊勢。神器万古存。

琵琶映芙蓉。
神洲臨万国。
已破妖教禁。
天子荐軫念。
其他憂国者。
幸有聖皇在。
大義自分明。
聖賢雖難企。

嵩華何足論。
乃是大道根。
議港洲南北。
四海妖氛黒。
亦皆溝中瘠。
足以興神国。
孰惑弁黒白。
吾志在平昔。

最是平安城。
従墨夷事起。
名義早已誤。
奉勅三名侯。
欻忽五六歳。
如何将軍忠。
人世転瞬耳。
願留正気得。

仰見天子尊。
諸公実不力。
寧遑問失得。
鶏棲鳳凰食。
世事幾変易。
曾不払洋賊。
天地何有極。
聊添山水色。

辞世

今吾為国死。
死不背君親。
悠々天地事。
感賞在明神。

時勢論

某窃に時勢を観察するに　宝祚無窮之大八洲の存亡誠に今日に迫り誠に恐多き事なり上は　主上より公卿の歴々より下吾士民に至る迄に一と通りの心得にては相済ざる事なり

抑徳川家征夷大将軍に任ぜられてより以来外夷控馭之策着々其宜を失ひたる事は一朝一夕には非ざれ共中に就て近年墨夷の事起りしより以来弥以内外失策のみ行はれ条約調印に至て極れり去年墨夷の来るや某長大息して云ふ神州弥沈せり亡国之事は　皇国に於て振古以来断て前蹤なき事なれば如何にして可ならんや已む事なくんば漢土賢哲の往跡なりとも学ばん伯夷叔斉は如何伊尹太公は如何翟義敬業は如何と頻りに苦悩する内恐れ多くも　九重の勅諚天下に布き草莽迄も響き渡り死去再生の心地して幕府拳揚諸侯協同天兵一時に墨夷を膺懲する事あらんこと、日夜翹企せし所豈図らんや六月二十一日神奈川にて調印幕府明らかに　勅諚を違背せり爾のみならず正論忠士の尾張水戸越前等を黜罰するに至る　天子逆鱗如何ほどにあらんと恐惶に勝へず而して今に至て何たる御所置も不承尤も幕府尾張水戸へ　勅諚を被下且公卿親姻の所禄を以二三の各藩へも御内書を発せられしよしなれども是又墓々しき事も承らず加之水戸奸臣の輩父子の間を離間し内輪甚だ不協和して近日正論のもの（武田彦九郎安島弥次郎）を謫罪し奸臣二人（太田丹波守鈴木石見守）を挙用し　勅諚の事如何致すべきやと丸に打明て幕府閣老へ謀りしに閣老云く此　勅諚は伝奏随意にかきしものにて真の勅にあらずと申たるよしかゝる次第にて中々以て御為にはならず尾張も元来天下の務に疎き国風にて竹腰如き奸物甚だ跋扈するよし去れば天下頼むべき諸侯は至て少く勤王の事は思もよらぬ事なり　皇大神の神勅も今日切りなり三品神器も今日切なり豈痛哭に絶ゆべけんや幕府にては墨夷との条約も相済近日の内に外国奉行目付方の吏員墨夷へ許し遣す処の諸港も漸々開市致すべく夷官夷民も追々占拠致すべく加之魯西亜英吉利仏蘭西等も同様条約相済殊に清国覆轍鴉片をも持来を許す二百年徳川家第一厳禁なる天主教をも許し踏絵の良法を改除し他日の患害已に目前に備り今日を失へば千万年を待てども機会は決て有事なし幕府天朝衆議にそむき其私意を逞うするは頼む所は外夷の援なり然らば幕府には諸国義挙の起らぬ内に早く外夷の和親を厚くするの計と見へたり只今の形勢にては　天朝より

幾百通の　勅諚下っても諸侯より何通の正議を建白しても幕府には一向遵用は無之只々外夷の和親を怨なく和親既に堅る上は天下正義の者は悉く罪に問ひ又　天朝正義の公卿を廃謫誅戮にも及び其次には承久元弘の故事を引て　主上を議するに至らん事必せり此度梅田源次郎等を召捕候にても推知るべきなり然るに　天朝今日の威を失ひ空論を以て害毒を攘へ玉はんと有こと実に恐れ多き事あらんや　天朝の御定算は蓋し諸侯の心にて人心の帰する所を御待なさる丶なるべし誠に勿体なき事なり当今三百六十諸侯大抵膏粱子弟にて天下国家の事務迂濶にして殊に身家を顧み時勢に媚諛し其臣なるものは御大事々々と申事にて人君を進め勤皇の大義などは夢にも説不申何程聡明果断の人君なるも決して義挙を企る事相成らぬ勢なり是尋常の諸藩然り其奸悪なる者に至て幕吏に連結し其逆焰を助長さる丶の形少とせず然らば当今天下の諸侯御恃なされては終に幕府の議に落伏せられ其末は外夷属国と相成　皇国の滅亡実に踵を旋ざる事なり直に此趣御落着被遊たらば天下万民の信服仕り義憤を激発するの御所置あらまほしき事なり勿体なけれ共　後醍醐天皇隠岐に出でましたればこそ天下の万兵一同起るなり爾のみならず従是さき　後鳥羽順徳土御門の三天皇の御苦難も在せられたれば

こそ建武の御中興中々一朝一夕の事には非ず孟軻か云苟為善後世子孫必有王者矣君子創業垂統為可継也若夫成功則天也君如彼何強為善而已矣と申たるも申合すべし某が覧にては　主上大に天下に勅を下し聞ゆる忠臣義士を御招集被遊又尾張水戸越前を始正議の人罪謫を蒙り又は下賤に埋没する者ともを悉く闕下に致し外夷撻伐の正議御建被遊度事也某嚮に叡山遷幸の事を議す今前説の如く行はれば遷幸なくとも可なりとす桓武以来の常都御持守遊ばされ幕府何程逆焔を扼へ悖慢の所置あるも御頓着なく　後鳥羽後醍醐天皇を目的として御災籍を定められ候はゞ必ず正成義貞高徳武重の如きもの累々継出せん事は必然なり　天朝には徳川を扶助公武一和とのみ仰出さるゝ故に徳川はますます兇威を逞し諸侯は悉く徳川に頭を押られ勤皇の手足は不出其下の忠義の士にても皆征夷か諸侯の臣下に非はなければ其主人にも先だちて義挙を企る事もならず終に　天朝に志を帰するものあれども志を抱ながら先死致し甚しきは奸夷の手に落ち囚奴となり戮死となり終には恋闕の志も日を逐て薄く成行候也是迄の寛大之御所置は誠に凡慮の及ぶ所に非ず御尤と申候も畏こけれども今よりは御果断の時節到来にて今一年も今之形勢にて御観望なされては忠臣義士半ば死亡半ば挫折せられ幕府ますま

す兇威につのり諸侯は益幕府の威に慴れて而て外夷の患は益深くなり天下の事凡て時去り機を失ひて如何とも手はつき申ざる事必然なりこの論尤と思召さば別に秘策あり此論不当ならば某もはや勤皇の手段は悉果たるゆへ只だ主家へ微忠を効すの外致方も是なく亡国の苦悩適従する所を不知痛恨の極爰に止たり

戊午九月念二日　　草莽臣藤原矩方謹識

留魂録

身はたとひ武蔵の野辺に朽ぬとも留置まし大和魂

十月念五日　　二十一回猛士

一余去年已来心蹟百変挙て数へ難し就中趙の貫高を希ひ楚の屈平を仰ぐ諸知友の知る所なり故に子遠が送別の句に燕趙多士一貫高。荊楚深憂只屈平と云も此事也然るに五月十四日関東の行を聞しよりは又一の誠の字に工夫を付たり時に子遠死字を贈る余之れを用ひず一白綿布を求めて孟子至誠而不動者未之有也の一句を書し手巾へ縫付携て江戸に来り是を評定所に定め置しも吾志を表する也去年来の事恐多くも天朝幕府の間誠意相孚せざる所以あり天苟も吾が区々の悃誠を諒し給はゞ幕吏必ず吾説を是とせんと志を立たれども蚊虻負山の喩終に事をなすこと不能今日に至る亦吾徳の菲薄なるによればなり今将誰をか尤め且怨んや

一七月九日初て評定所呼出あり三奉行出座尋鞫の件両条あり一曰梅田源二郎長門下向の節面会したる由何の密議をかせしや二曰御所内に落文あり其手跡汝に似たりと源二郎其外申立る者あり覚ありや

此二条のみ夫梅田は素より奸猾なれば余興に志を語ることを欲せざる所なり何の密議をかなさんや余是に於て六年間幽囚中の苦心する所を陳し終に大原公の西下を請ひ鯖江侯を要する等の事を自首す鯖江侯の事に因て終に下獄とはなれり

一吾性激烈怒罵に短し務て時勢に従ひ人情に適するを主とす是を以て吏に対して幕府違勅の已むを得ざるを陳し然後当今適当の処置に及ぶ其説常に講究する所にして具に対策に載するが如し是を以て幕吏と雖も甚怒罵すること不能直に曰く汝陳白する

所悉く適当とも思はれず且卑賤の身にして国家の大事を議すること不届なり余亦深く抗せず是を以て罪を獲るは万々辞せざる所なりと云て已みぬ幕府三尺の布衣国を憂ることを許さず其是非吾曾て弁争せざるなり聞く薩の日下部伊三次は対吏の日当今政治の欠乏を歴詆して如是にては往先三五年の無事も保し難しと云ふて鞠吏を激怒せしめ乃日是を以て死罪を得ると雖も悔ざるなりと是吾の及ざる所なり子遠の死を以て吾を責むるも亦此意なるべし唐の段秀実郭子儀に於ては彼の如く誠悃朱泚に於ては彼の如くの激怒然らば則英雄自ら時措の宜しきあり要するに内省不疚にあり抑亦人を知り機を見ることを尊ぶ吾の得失当さに蓋棺の後を待て議すべきのみ

一此回の口書甚草々なり七月九日一通申立たる後九月五日十月五日両度の呼出も差したる鞠問もなくして十月十六日に至り口書読聞せありて直に書判せよとの事也余が苦心墨使応接航海雄略等の論一も書載せず唯数個所開港の事を程克申演て国力充実の後打攘可然なと吾心にも非ざる迂腐の論を書付て口書とす吾言て益なきを知る故に敢て言はず不満の甚だしきなり甲寅の歳航海一条の口書に比する時は雲泥の違と云ふべし

一七月九日一通り大原公の事鯖江要駕の事等を申立たり初意らく是等の事幕にも已に諜知すべければ明白に申立たる方却つて宜しき也と已にして逐一口を開きしに幕にて一円知らざるに似たり因て意らく幕にて知らぬ所を強て申立て多人数に株連蔓延せば善類を傷ふ事少なからず毛を吹て創を求むるに斉しと是に於て鯖江侯要撃の事も要諫とは云替たり又京師往来諸友の姓名連判諸氏の姓名等可成丈は隠して具白せず是吾後人の為めにする区々の婆心なり而して幕裁果して吾一人を罰して一人も他に連及なきは実に大慶と云へし同志の諸友深く考思せよ

一要諫一条に付事不遂ときは鯖侯と刺違て死し警衛の者要蔽する時は打払べきとの事実は吾が云はざる所なり然るに三奉行強て書載して誣服せしめんと欲す誣服は吾肯て受けんや是を以て十六日書判の席に石谷池田の両奉行と大に争弁す吾肯て一死を惜まんや両奉行の権詐に伏せざるなり是より先九月五日十月五日両度の吟味に吟味役まで具に申立てたるに死を決して要諫す必ずしも刺違切払等の策あるに非ず吟味役具に是を諾して而も且口書に書載するは権詐にあらずや然とも事爰に至れば刺違切払の両事を受ざれば却つて激烈を欠き同志の諸友も亦惜むなるべし吾と雖も亦惜

まざるに非ず然ども反復之を思へば成仁の一死区々一言の得失に非ず今日義卿奸権の為めに死す天地神明照鑑上にあり何惜むことかあらん

一吾此回初め素より生を謀らず又死を必せず唯誠の通塞を以て天命の自然に委したるなり七月九日に至ては略一死を期す故に其詩に云継成唯当甘市戮。倉公寧復望生還。其後九月五日十月五日吟味の寛容なるに欺かれ又必生を期す亦頗る慶幸の心あり此心吾此身を惜む為めに発するに非ず抑故あり去臘大晦朝議已に幕府に貸す今春三月五日吾公の駕已に萩府を発す吾策是に於て尽果たれば死を求むること極て急なり六月の末江戸に来るに及て夷人の情態を見聞し七月九日獄に来り天下の形勢を考察し神国の事猶なすべきものあるを悟り初て生を幸とするの念勃々たり吾若し死せずんば其勃々たるもの決して汨没せざるなり然ども十六日の口書三奉行の権詐吾を死地に措かんとするを知り因て更に生を幸ふの心なし是亦平生学問の得か然るなり

一今日死を決するの安心は四時の循環に於て得る所あり蓋し彼の禾稼を見るに春種し夏苗し秋刈冬蔵す秋冬に至れば人皆其歳功の成るを悦び酒を造り醴を為り村野歓声あり未だ曾て西成に臨で歳功の終るを哀しむものを聞かず吾行年三十一事成ること

なくして死して禾稼の未だ秀でず実らざるに似たれば惜むべきに似たり然ども義卿の身を以て言へば是れ亦秀実の時なり何ぞ必しも哀まん何となれば人寿は定りなし禾稼の必ず四時を経る如きに非ず十歳にして死するものは十歳中自ら四時あり二十は自ら二十の四時あり三十は自ら三十の四時あり五十百は自ら五十百の四時あり十歳を以て短とするは蟪蛄をして霊椿たらしめんと欲するなり百歳を以て長しとするは霊椿をして蟪蛄たらしめんと欲するなり斉く命に達せずとす義卿三十四時已に備はる亦秀亦実其秕たりと其粟たると吾が知る所にあらず同志の士其微衷を憐み継紹の人あらば乃ち従来の種子未だ絶へず自ら禾稼の有年に恥ざるなり同志其是を考思せよ

一東口揚屋に居る水戸の郷士堀江克之助余未だ一面なしと雖も真に知己なり真に益友なり余に謂て曰昔し矢部駿州は桑名侯へ御預けの日より絶食して敵讐を詛て死し果して敵讐を退けたり今足下も自ら一死を期するからは祈念を籠めて内外の敵を払はれよ一心を残置て給はれよと丁寧に告戒せり吾誠に此言に感服す又鮎沢伊太夫は水藩の士にして堀江と同居す余に告て曰く今足下の御沙汰も未だ測られず小子は海外

に赴けば天下の事総て天命に付せんのみ但天下の益となるべき事は同志に托し後輩に残し度事なりと此言大に吾志を得たり吾の祈念を籠る所は同志の士甲斐々々しく吾志を継紹して尊攘の大功を建てよかし也吾死すとも堀鮎の二氏の如きは海外に在とも獄中に在とも吾か同志たらん者願くは交を結べかし又本所亀沢町に山口三輶と云医者あり義を好む人と見えて堀鮎二子の事抔外間に在て大に周旋せり尤も及ぶべからざるは未だ一面もなき小林民部の事二子より申遣したれば小林の為めに亦大に周旋せり此人想ふに不凡ならん且三子への通路は此三輶老に托すべし

一堀江常に神道を崇め天皇を尊び大道を天下に明白にし異端邪説を排せんと欲す謂らく天朝より教書を開板して天下に頒示するに如かずと余謂らく教書を開板するに一策なかるべからず京師に於て大学校を興し上天朝の御学風を天下に示し又天下の奇材異能を京師に貢し然る後天下古今の正論確議を輯集して書となし天朝教習の余を天下に分つときは天下の人心自ら一定すべしと因て平生子遠と密議する所の尊攘堂の議と合せ堀江に謀り是を子遠に任ずることに決す子遠若し能く同志と議り内外志を協へ此事をして少しく端緒あらしめば吾の志とする所も亦荒せずと云ふべし去年

勅諚綸旨等の事一跌すと雖も尊皇攘夷苟も已むべきに非れば又善術を設け前緒を継紹せずんばあるべからず京師学校の論亦奇ならずや

一小林民部云京師の学習院は定日ありて百姓町人に至るまで出席して講釈を聴聞することを許さる講日には公卿方出坐にて講師菅家清家及び地下の儒者相混ずるなり然らば此基に因て更に斟酌を加へば幾等も妙策あるべし又懐徳堂には霊元上皇宸筆勅額あり此基に因り更に一堂を興すも亦妙なりと小林云へり小林は鷹司家の諸大夫にて此度遠島罪科に処せらる京師諸人中罪責極て重し其人多材多芸唯文学に深からず処事の才ある人と見ゆ西奥揚屋にて余と同居す後東口に移る京師にて吉田の鈴鹿石州同筑州別て知己の由亦山口三輶も小林の為めに大に周旋したれば鈴鹿か山口かの手を以て海外までも吾同志の士通信をなすべし京都の事に就ては後来必ず力を得る所あらん

一讃の高松の藩士長谷川宗右衛門年来主君を諌め宗藩水家と親睦の事に就て苦心せし人なり東奥揚屋にあり其子速水余と西奥に同居す此父子の罪科如何未だ知べからず同志の諸友切に記念せよ予初て長谷川翁を一見せしとき獄吏左右に林立す法隻語を

交ゆることを得ず翁独語するもの丶如くして曰寧為玉砕。勿為瓦全と吾甚だ其意に
感ず同志其之を察せよ
一右数条余徒に書するにあらず天下の事を成すは天下有志の士と志を通ずるに非れば
得ず而して右数人は余此回新に得る所の人なるを以て是を同志に告示するなり又勝
野保三郎早已に出牢す就て其詳を問知すべし勝野の父豊作今潜伏すと雖も有志の士
と聞けり他日事平ぐを待て物色すべし今日の事同志の諸士戦敗の余傷残の同志を問
訊する如くすべし一敗乃挫折する豈勇士の事ならんや切に嘱す切に嘱す
一越前の橋本左内二十六歳にして誅せらる実に十月七日なり左内東奥に坐す五六日の
み勝保同居せり後勝保西奥に来り余と同居す余勝保の談を聞て益々左内と半面なき
を嘆ず左内幽囚邸居中資治通鑑を読み註を作り漢紀を終る又獄中教学工作等の事を
論ぜし由勝保余に是を語る獄の論大に吾意を得たり益左内を起して一議を発せんこ
とを思ふ嗟夫
一清狂の護国論及び吟稿口羽の詩稿天下同志の士に寄示したし故に余是を水人鮎沢伊
太夫に贈ることを許す同志其れ吾に代て此言を践まば幸甚なり

一同志諸友の内小田村中谷久保久阪子遠兄弟等の事鮎沢堀江長谷川小林勝野等へ告知し置ぬ村塾の事顔佐阿月等の事も告置けり飯田尾寺高杉及び利輔の事も諸人に告置しなり是皆吾か苟も是をなすに非ず

かきつけ終りて後

心なることの種々かき置きぬ思ひ残せしことなかりけり
呼たしの声まつ外に今の世に待つべき事の無りけるかな
討れたるわれをあはれと見ん人はきみを崇めて夷払へよ
愚かなる吾をも友とめつ人はわか友ともとめてよ人ひと
七たびも生かへりつゝ夷をそ攘はんこゝろ吾れ忘れめや

十月二十六日黄昏書　　二十一回猛士

橋本左内（一八三四〜一八五九）

越前藩士、名は綱紀。戊午の大獄に坐し江戸の獄に刑死。年二十六

寓感

十六日聞近事有感。而事渉忌諱。不可漏洩賦此以志吾悲

豹留皮人留名。死無所留同貍鼪。死生一間耳。身後分辱
栄。所以豪傑士。愛名不愛生。秋蘭与雪竹。動易招凌轢。
不肯学樗櫟。天道固夢夢。此意何処覓。此意不可覓。悵
々為我感。君家門地清。君姿如老梅。一朝遭風雪。凋残
令人哀。凋残雖可哀。定命不可猜。与其為瓦全。孰若為
玉摧。

詠懐

秋光日凄惻。流景悲遊子。我有黄髪親。孝養合惜晷。
只為甘旨資。踉蹡就禄仕。白雁自北来。仰視憶桑梓。

桑梓阻且遥
妁妁芙蓉花
雲山千余里
経霜失旖旎
雲山渺愁人
中懐与誰言
徙倚臨沼沚
秋風波夕水

偶感

回也箪瓢空
悲夫一飽志
楽道以忘飢
身外無所知
微禽啄紫椹
夷斉果何者
喈々鳴桑枝
千載為人師

寄傲南窓下
微醺薫浅酔
境味頗相宜
高歌聊自怡
時節尚清和
富貴信浮雲
水晶花満籬
宣尼不予欺

又

梅花三百樹
時招素心友
自我縻好爵
香風繞我家
撥醅話桑麻
而今役官衙
黄昏靄靄月
舎南潺湲響
此境雖非遠
模糊涵素葩
一水劃世譁
思之若天涯

読地理全誌書其後

九州之外有八挺
八挺之外有八紘
名山大川相通穴
此
皆臆度論未精
弱水渺茫三万里
飛盧何人達蓬瀛
赤県

文儒多空誕。実測豈容欧人贏。欧人芸術概巧緻。就中最
推長航行。艦大如城檣如塔。蹴破洶濤雄於鯨。所到風土
仔細検。竟云地体円如橙。気水環繞如昼白。人獣禽鱗其
中生。建州維四別東西。四州各自為政令。東西古今幾衰
興。曩時東旺今西勍。於乎一自方士誑秦政。漢唐天子尚
余酲。黄金丹砂亡是事。世間烏有芙蓉城。長生不死不可
求。天道禍淫善降禎。綢繆未雨乃古訓。如今神州唱泰平。
神州泰平等唐虞。凡百君子莫忘兵。

淮南子云　九州之外有八埏。八埏之外有八紘。八紘之外有八極。八極之広。
東西二億三万三千里南北二億三万一千五百里。河図象云。崑崙山為天柱。
気上通天。崑崙者地之中也。地下有八柱。柱広十万里。有三千六百軸。互
相牽制。名山大川。孔穴相通。神仙伝云　謝自然汎海求蓬莱。一道士謂曰。
蓬莱隔弱水三万里。非飛仙不可到。

詠懐

披巻坐書窓。憂来倏沮忸。丈夫素有志。不在求紫綬。

燥髪誦詩書。搰搰鑽研久。
秋風何地来。蕭索吹疎柳。
北山如有情。粲然当戸牖。
欲往而従之。水深不可狃。

寓感

帝居杳何許。天門往自捫。
虎豹罔霊性。閽深不通言。
哀哉此惸独。難荷皇天恩。

又

草木雑枳棘。獣畜産虎兕。
茫茫古来今。邪正互紛起。
水本無心流。山唯黙以峙。
痴矣秋陰虫。抵死啼不已。

又

聖泯大道亡。蚊蛙譁万口。
我憂無可解。廃課還呼酒。
其下神龍栖。有淵寒且瀏。

天門鬱岧嶢。虎豹其旁蹲。
陽花滋栄耀。陰草易黄昏。
太陽雖至公。竟不照覆盆。

尭舜雖大聖。四凶逞奸宄。
化序改栄枯。気運成終始。
至人楽玄理。湛然忘悲喜。

秦皇払胡虜。
盛業耀日星。
騏驥騁峻坂。
千古腐心事。

又

燈寒影吊形。
知音信寂寞。
誠臨百尺潭。

又

麟哺珍悦口。
生人固多欲。
品類逐其性。
如何胡椒実。

威武震絶域。
天地為生色。
蟻垤躓且踣。
緬懐浩大息。

抱膝作楚吟。
人世風塵深。
吹起蟄龍心。

蜀錦麗奪目。
要在飽口腹。
各自全天禄。
積至八百斛。

漢武崇六経。
鄙夫娟人美。
鸞鶩駕閬風。
悲哉真英雄。

壁懸一管笛。
遥想清霜夜。

物貴還疎用。
鴻雁謀稲粱。
天禄不可僭。

化為詩書国。
弾劾誇一得。
誤鎩凌霄翼。
幾許死縄墨。

真賞俟知音。
群壑極幽尋。

叵代布与穀。
麋鹿游山麓。
僭之即殄戮。

書懐

笠仕得君逢聖明。撫躬常愧負恩栄。上書狂直汰庸吏。承乏菲才職監黌。誰認祖山穿鉄礦。吾於大海製鯢鯨。洋行禁解知非遠。要掛春帆泛大平。〔海名〕

又

宝刀伝祚武功巍。北虜東夷王化帰。一自埠頭寛鎖鑰。遂教廷議誤枢機。相臣翻恨無秦檜。都督寧論不岳飛。禦侮折衝今日是。孰航西海耀皇威。

甲寅暮秋十九日書懐

雨声虫叫乱紛紛。孤客思家不耐聞。未継箕裘先考志。寒燈挑尽読洋文。

戊午初冬念二夜初鼓。大府監吏十余名。来捜予宅。携文稿簡牘若干而去。其翌見召至北尹石因州庁。蒙幽囚之命。詩以紀実。

67 橋本左内

幾羣俛首乞憐哀。獄吏叱声嗔似雷。方寸唯吾清若水。不教些子累霊台。

又

罪案未成昏尚留。比肩尽日伍姦偸。孰思疇昔青衿子。忽作緑林豪客儔。

念五日。或来告。外人相伝。吏来之夕。子欲逃遁而不能。遂就召。大違事実。因賦一律以見志。

幽囚甘就是微忱。唯道途窮竟作擒。奉母雖憂虧慰養。為君偏願掃愁黔。尽忠全節身無恥。懐古傷今悶叵禁。豈費呶呶向流俗。皇天后土諒吾心。

十一月十七日即事

断雁声悲帯雁痕。如陳上帝愬吾寃。親朋畏禍無書牘。寒枕思家有夢魂。塾養蒙生時授字。厨教痴僕屢蒸豚。屏居却似幽居好。謝絶来賓昼掩門。

冬夜有感

男児平生志。留名照汗青。
輒与栄達一。譬猶酔而醒。
我本倜儻士。髩亂耽簡冊。
跪兀二十年。荏苒駒過隙。
冷炙及残杯。酸辛悉呑咋。
二豎潜膏肓。王鬼隠項脊。
百厄雖自苦。向人不乞憐。
偉哉昌黎公。上疏遭左遷。
快読忽達旦。自覚憐困宣。
碌碌老牖下。死当目不瞑。
醒酔須臾事。寧足累精霊。
常期竹帛功。反悲飢寒迫。
匪不加省察。動輒与物逆。
闔羅折棠棣。祝融祟園宅。
所虧只一死。半生罹百厄。
挑燈坐棐几。尚友有古賢。
貶謫不少屈。忠義貫坤乾。
膏燼燈慚白。破窓雪翩翩。

十五日獲郷書

旦聴乾鵲噪。心擬遠信臻。
初云邦亡灾。且休労心神。
次致一函書。心慰平安字。
亭午忽剝啄。郷音認故人。
本月七日発。一日為雪闌。
黄紙題弟名。花牋母手記。

上言久相思。義応先国家。汝儻黷素餐。恵廸必有吉。下問及子維。中叙口碑伝。反覆三四回。規逾断機切。省躬顙有泚。何時棠棣花。何時紅蘭署。

唔語在夢寐。奉事勿弐志。汝父霊無媿。上天好是懿。三冬力講肄。又陳銭穀事。巻舒涙泫然。慮倍截髪賢。図報数搔首。相並如双手。田里解組綬。

家私勿労思。深懐君恩洪。聞汝寃未白。移孝能顕忠。兄訓当須厳。処処加夾註。焼膏復細読。与其傷風樹。才学真笨拙。何時連理枝。春風蕩駘時。

努力厲公義。一飯是誰賜。慎毋出怨懟。汝死我翻喜。因嫌勿隠避。往往雑諧戯。音容在目前。孰若惴氷淵。名豈垂不朽。伉儷迎新婦。恭献南山寿。

西洋雑詠

拘士何知今昔殊。矮人場裏説唐虞。尭治舜化不専美。嘗読西洋通史無。

書感

肯戴南冠学楚囚。幣残猶著鷫鸘裘。故山依旧怨猿鶴。雄気于今貫斗牛。風雨常疑従北至。海波底意解東流。悲酸満目有誰会。日暮江城雲色愁。

排悶

蚊聚蛙喧正及期。毎逢日晩所思滋。菲材不中棟梁選。補闕嘗叨諫諍姿。蠟燭何悲涙如雨。邦家多故髣将糸。顧躬顑頷難堪事。報国忠忱合付誰。

詠懐

酒味凛徹臍。浩浩湧壮懐。憶昨立朝初。孤介寡所諧。皇道勉扶植。異端力擠排。不知模稜術。甚愧中心乖。否泰時運変。区宇陰霧霾。美人杳何之。古井泣鸞釵。坤輿雖云厚。此恨無由埋。愁極蛩語絶。明月転空階。

記夢

老天渲紺碧。
病軀疲昼暑。
州尽登雲路。
彫梁鏤玳瑁。
歯徳邵且高。
張楽開玉壺。
臨別牽我袂。
爾亦清白質。
汝還告爾主。
振古聖賢士。
汝亦名不朽。
撃柝忽驚覚。
斯生猶朝露。
矧我感知遇。

新月懸玉鉤。
引扇入羅幬。
直抵白玉楼。
瓊櫳戞琳球。
紫稜爛双眸。
侑我許酢酬。
琅琅転清喉。
志操氷雪侔。
人阨毫無憂。
猶或辱縲囚。
当与文謝儔。
始信我夢遊。
人事如水流。
遭阨何欧嚘。

風葉涼於水。
飄飄忽駕空。
試問何許地。
虚幌爽然啓。
吐辞春気温。
酒肴咸奇珍。
爾主忠貞人。
時運会暫塞。
箕子明夷遭。
爾主誠通天。
挫折靡渝志。
深愧持心浅。
見義尚勇決。
耿耿寐不寐。

茅屋如漁舟。
一瞬極八州。
童出答滄州。
中有朱顔叟。
向我問来由。
絶異人間羞。
元為宗家謀。
固非自招尤。
文王羑里幽。
行蒙帝寵優。
前途励益修。
汗漫魂不収。
寧可較沈浮。
歩庭発吟謳。

夜深人語絶。銀河低斗牛。

獄中作

苦寃難洗恨難禁。
俯則悲傷仰則吟。
昨夜城中霜始隕。
誰知松柏後凋心。

又

二十六年如夢過。
顧思平昔感滋多。
天祥大節嘗心折。
土室猶吟正気歌。

欹枕愁人愁夜永。
陰風刺骨柝三更。
皇天応是憐幽寂。
一点星華照牖明。

贈吉田義卿

曾聴英籌慰鄙情。
要君久欲訂同盟。
碧翁狡弄何限恨。
不使春帆颿太平。

又

磊磊軒昂意気豪。
聞説夫君胆生毛。
想看痛飲京城夕。
握腕頻睨日本刀。

関鉄之介（一八二四～一八六二）

水藩士、名は遠、桜田義挙の一人
文久二年斬に処せらる。年三十九

戊午仲夏。因命将宦游箱館。途到江戸。大内誠蔵為介。臨発。与諸子訣飲。到板橋駅而投。此夕風物惨然。固非江都之比。聊賦所思。寄懐竹内子実在徒坊僑居。

墨江美酒能酔客。芙蓉楼上興更清。酔中仗剣与君別。欲作窮北万里行。風流甘受近花罪。功業半遁愛酒名。陰雨凄涼風蕭瑟。比到巣鴨酒初醒。忽聞遠寺残鐘響。又聞斑鳩喚雨声。旅館沉沉燈烱烱。哦詩不眠到五更。威震熊城鬼将軍。吹香芳山万朶桜。吾亦明朝従此去。霾雲簇処斬潜鯨。

歴三国嶺下

朝鞭瘦馬歴飛道。暮促軽舟下急灘。欲問越山横槊跡。炎天六月壮心寒。

六月朔有感

水原客舎日芙蓉楼

芙蓉楼上炎塵動。将搏層雲駕快風。決眥試看天下事。阨窮自古伴英雄。

秋夜独坐感慨

豹留皮兮人留名。武夫尚慕王鉄槍。臥聞秋声憶家国。感慨何事涙成行。功業有時事当審。寧知壮志在四方。臣子至節忠兼孝。奚論江湖与廟堂。爛酔漫唱岳陽記。危言欲褰范子裳。腰間孤剣光烱烱。松梢落月影蒼蒼。君不見赤奴蚕食唐太島。沙黒水黄海潮颶。又不見妖星夜闇西洋気。天閉風腥山嶽蔵。沿革紛紛警政道。盍察機先慮靖康。爾来禍難或連結。不恠長鯢触乾綱。簧言巧壊九重闕。蟻穴儘陥《ル》二千尺《ノ》塘《ヲ》一。上《ニ》無《ク》三傾厦《ノ》要《スル》二支撑《ヲ》一。下《ニ》有《リ》三群小《ノ》事《トスル》二猖狂《ヲ》一。人情稍覚《ユ》臨《ムヲ》二虎口《ニ》一。世体時《ニ》如《シ》レ探《ルガ》二沸湯《ヲ》一。夙《ニ》自《リ》三微軀委《シテ》二家国《ニ》一。辜負《ス》桜花《ノ》媚《ブルニ》二艶陽《ニ》一。若《キ》レ馳《スルガ》歳月何《ゾ》飄忽。幽燈相対《シテ》胆空《シク》張《ル》。旅窓沈□聞《ク》二磬響《ヲ》一。雨意瑟瑟聴《ク》二寒蛩《ヲ》一。願《フ》下正《シテ》二人心之嚮背《ヲ》一。伏《シテ》就《キテ》二山陵《ニ》一修《メント》中廃荒《ヲ》上。願《フ》下明《ニシ》二皇道之湮晦《ヲ》一。飽《クマデ》焚《キテ》二伽藍《ヲ》一絶《タント》中邪殃《ヲ》上。彼《ノ》賊朶頤《シテ》望良久《シ》。満口《ノ》妖毒不レ可《カラ》レ量《ル》。内地《ノ》姦蠹助《ケ》二勢焰《ヲ》一。無《シ》三復《タ》浄土《ノ》奉《ズル》二天王《ニ》一。号令一発心可《シ》レ結《ブ》。掃蕩淋漓《タリ》血鋒鋩。尚《ホ》有《ラバ》三艸莽問《フ》二英雄《ヲ》一。豈《ニ》無《ナカラ》三勇《ンヤ》武比《スル》二彦章《ニ》一。師霊気《ハ》凝《ル》海《ノ》一隅。宝鏡高《ク》懸《ル》国《ノ》中央。相模太郎不レ可《カラ》レ起《ス》。誰《カ》追《フ》豁達《ノ》猿面郎。

客中《ノ》書懐 幷序

頃得《タリ》二鮎沢廉夫《ノ》消息《ヲ》一。初《メテ》知《ル》下我大公再罹《リ》二冤枉《ニ》一士心兢兢然《タルヲ》上。何《ゾ》料《ラン》飄然蒙《ラントハ》二鳳詔《ヲ》一。邦家《ノ》面目無《シ》レ過《グル》レ之《ニ》。恰《モ》如《シ》二旭日《ノ》始《メテ》朝《スルガ》レ天《ニ》。而《シテ》群小満《チ》レ城《ニ》。禍変難《シ》レ測《リ》。則志士授《クル》レ命《ヲ》之秋也。盍《ゾ》二速《ニ》帰《ラ》レ郷《ニ》。於《テ》レ是《ニ》乎精神飛揚《シ》。

不可安居。賦詩遣懐。俄将弁旅装。実九月初八日也。

同十八日歴会津桟道直達江都云

上耽宴安下苦饑。豈顧武衛心常怠。誰向草莽問人傑。故観廊廟乏真宰。東藩為興継述業。忠憤敢忘群小紿。貝錦織成文出奇。重聞邦君罹冤罪。収涙誰継新亭情。嘗胆孰吐包胥誠。自今尽瘁与死隣。或見中天白日明。世道千差又万変。譖使夷賊入金城。将軍乍汚征夷号。無恪逆燄蔽神京。国論未聞上下睦。寧向辺庭飛一鏃。貿易唱出太平風。却見姦兇免刑戮。堂堂鳳詔自天降。皎如天日何可瀆。祖宗徳沢入骨深。伝達失機悔何逐。

戊午十一月十八日。入丹波国。過大江山下。時積雪三丈。感旧事而賦

天将神算付英雄。忽見孤児奏偉功。授首賊魁知那処。雪深千丈嶽辺風。

晩冬朔。到因州鳥取城下。安達子孝宅。与堀子光邂逅。有詩被示。烈風如刃欲穿身。想見辺庭守節人。誰識寒梅今日色。還従雪裡挽回春。即次其韻酬之。

万条愁緒絡吾身。拳雪刀風凍殺人。為説勤王今日策。
共期恢復賞陽春。

邂逅桜真金。潜匿雪山。痛飲五昼夜。病裡慷慨之気。有確乎不撓者。而其心事亦誠可悲矣。臨別詠和歌一首被示。志良玖毛廼。加奈多古奈多止。和加礼天毛。麻多阿布許登能。那加良麻尽夜者。余亦以一絶酬之。渾涙而別。終不知所往云。

隻手心期払異氛。夜山暮雨暫相分。春風三月芳山上。
陽気回時重遇君。

同十六日。至作州院庄。日夕彷徨。猶能想像当年偉挙。中心慷慨。不可辞去。聊賦一絶。以弔英霊。
云。重歩子光韻。去津山城殆里許。入夜達逆旅云。

経年辛苦絆吾身。終向南山弔偉人。想見満庭香雪裡。
暗将健筆挽回春。

下袂川。欲去備前岡山。舟中口占。歳月将暮。時
事易遷延。憂憤万重。宿痾稍発。子長激論。胸中
之苦。又可知也。強歩前韻。

独憐大義属吾身。遠向郷関憶故人。憤気満腔無所訴。
不知何地可迎春。

自岡山船至備後鞆港而泊。

海面飄帆帰不帰。羨他漁老早忘機。如何我亦先憂者。
血涙斑斑点客衣。

述懐 幷序

余北遊帰途。直赴江戸。窺時勢者数日。而有

内命。同矢野子因。重将遊西州。事已諧矣。戊午十月十日夜。潜発江邸。与諸子訣別於墨江酒楼。托以郷書。此行二子同取別路。遊四国。有相会于浪華之約。因有嫌疑而不果。時属厳冬。山陰之路。高崖断谷。風雪割膚。関艱苦楚。不可勝言。歴越前入因州。終達長州而止。帰途重就舟路。入山陰。又出岐蘇越。己未二月廿四日。再還江戸。会金子鮎沢二子於根岸鶯春亭。志気慷慨。吐露肝胆。而伝達之議。援応之事。粗罄大意云。身脱虎口。経歴及十四旬。足跡殆遍於天下。於是乎。始聞一家丁艱之事。驚愕失錯。遽帰郷里。同念五日暁天。発石場官舎。托子長以後事。念七日昧爽。飄然入敝廬。曷料弟兄相見歔欷無言。

悲歓交至。而先子音容。既不可視矣。去夏之行。奉教於膝下者。忽為遺訓。嗚呼哀哉。哀慕痛戚。皇天罔極。因憶屏虚飾。執実行。則庶幾乎補孝道之万一矣。日夕趨墓下。謝以国事。於是乎。倣古人居喪礼。於定制之外。窃持心喪。而内外丁艱。処心亦苦矣。越三月。裁書寄二子。聊托心事。添以此詩焉。于時賊焔満天。人事亦随惨刻。邦君沈冤。親朋下獄。邦家危窮。殆如累卵。世道之変。蓋若斯。可勝慨哉。

東風吹暖花馥郁。
対花却抛白玉觴。
夙有賊氛浮坤軸。
天使神明屢降殃。
欲展両腕支傾廈。
回首世体似探湯。
微臣感激不量分。
天涯万里趣旅装。
幸逢鳳詔自天下。
擬為明君雪冤庇。
山陰瘴気雲漠漠。
海洋醒風水茫茫。
帰来遭逢

何所説。剰見姦凶獗与猖。伏闕如今誰氏子。噬歯殊未見
睢陽。一身蹈破千死地。豈憶家君逝遠郷。倚劔直向九原
号。幽魂不返情益傷。呑声慟哭神主下。跪坐血涙空浪浪。

己未四月念九日。因命再赴江戸。書以貽妻児。窃
寓永訣之意。

大義在于身。帰朝何可待。他年知我心。家祭慎休怠。

己未仲秋。登円山酒楼。示高崎伯猪。

誰跋羊腸臨虎口。酔来禍福付悠悠。天低鷗水雁声断。雲
鎖宸宮紫気浮。辞国壮心期独往。憂時奇策憶周遊。此中
独有驚尨怪。好是秋宵投酒楼。

晩冬歩某氏韻

痩梅微雪両無塵。慙殺尋常汚俗人。永唱尊攘之大義。願
看継述更加新。

又

万里海風吹暗塵
廟堂輸与苟安人
祖宗倘有遺霊在
伝達高懸鳳詔新

偶成

棚上鉄衣函裡剣
敝袍麁食足容身
小窓偶有寒梅発
拒絶人間得意人

又

倦弄弓槍醒対酒
須磨他日報恩身
満庭幽竹斜陽睡
碧玉林中高臥人

庚申元旦

杜門落落遇新陽
依旧屠蘇豈得嘗
軀代芳山戦酣地
輦回志賀月明郷
感時不覚令辰至
懐古何妨幽夢翔
家祭尚知香気冷
半簾紅日仰余光

示北鄙義民某

心腸鉄石野堤梅
不探宦途嫌与猜
若識海東春色早
勤

王勿後百花魁。

同正月十六日。一雨洒幽室。引及三夜。自旧臘不
雨者。已三旬余。喜而賦。

巨鯨横海口。瘴塵昏柳津。忽聞幽牀雨。高臥養精神。

庚申二月十八日。有故出楓巷謫室。臨発書以貽児
誠一郎。

単身笑付一毛軽。 誰使明君困棘荊。 嗟汝他年成立日。 推
知汝父報恩誠。

冬夜獄中謾吟

枉就幽囚還故郷。 姓名在世任呼狂。 五更撃柝乾坤寂。 頭
断場荒月似霜。

又

時事関心難作眠。 獄窓月暗転凄然。 満腔忠憤悲歌夕。 憶
起文山就義年。

記夢

北陌南阡緑映紅。春晴三月賽桜宮。夢魂驚覚閑支枕。不在京華在獄中。

晩冬十五夜。明月如霜。沍寒切膚。緬懐往事。凄然不能睡。須臾鶏鳴。東方将白。聊賦一詩。以泄胸中之気云。

誰教壮士苦寃幽。此夜天寒月影流。膺狄只知期魯頌。尊王誰忘要春秋。難侵野作千洲雪。懶結蔵王堂畔遊。曷日陸離争按剣。辺風翻処酔高楼。

懐季弟叔強。寄仲弟秀武於南隣獄舎。

天将紅涙洗泉土。別後同為縲紲人。瘴気侵肌難促睡。寃声徹耳易傷神。死生誓執君臣義。飢渇猶存鉄石心。借問故園梅一樹。為誰潔白挽回春。

寄柳沢処士。荒井貞蔵。在東隣之獄。

塵世ノ功名争ヒテ飾ルレ情ヲ。嗟スガ君志業在ルヲ二生平ニ一。寄スレ言ヲ非ザレドモ二是レ辺庭ノ遠キニ一。忍ビンヤレ
聴クニ寒江断雁ノ声。

壬戌元旦。答フ二飯村時敏ニ一

吁吾潮海転蓬ノ身。翻テ作ル二家山縲紲ノ人ト一。白日青天看レドモ不レ見エ。始メテ
逢フ二三十九年ノ春ニ一。

有リレ感

弁姦却テ恠ム人呼ブヲレ賊ト。誰カ識ラン中心浩浩如タルヲ。髩髪若クレ蓬ノ顔若クレ土ノ。春
寒未ダレ草セ老蘇ノ書。

春日書懐。去ル二桜田ノ義挙ヲ一。三二年於此ニ一。所二以感慨之切ナルレ
身ニ也

春風早ク已ニ遍シ二湖海ニ一。愧却ス疎豪気未ダレ除カ。尚ホ有リ二皇天応ニレ鑒スレ国ヲ。豈ニ
無カランヤ二間地ノ所レ容ルルヲレ余ヲ。憂ハ深シ宗沢回鑾ノ疏。憤ハ重シ文山上策ノ書。安ゾ得ン
更ニ臨ム二刀鋸ニ一日。柳陰含ンデレ笑ヲ意安徐タルヲ。

正月十六日有リレ感

病間索句到斜陽。戸隙先窺月放光。屈指起居何所感。九旬暦日不除行。

下獄以来。已三月余矣。

北越道中。感旧游而賦

乍憶凄然北顧時。到頭意気尚堪思。如今荒落潜游者。不識丹心去向誰。

就縛将帰郷国。即得一絶。

十月念四暁天也

仰不愧天寧愧世。丹心如火有誰知。満山風雪襟懐豁。正是従容就義時。

又

堪憤腥気満海天。挺身何物占機先。家郷千載公評日。題謂関東狂少年。

本月六日。就縛。已入郷国。途過瑞龍山下。藩祖以来。墳塋所在。感激往事。血涙沾臆者数刻。謹賦一絶。沈吟敬恭。以奉謝先君之霊焉。

死無補国生無益。粛拝何堪縲絏中。傲骨縦為断腸土。寃
魂依旧起遺風。

清川八郎（一八三〇～一八六三）

羽州の人、名は正明。文久三年赤羽橋にて幕吏に暗殺さる。年三十四

剣を打たせし頃よめる

大君のためにつらぬく壮夫のきたひためにしこのつるぎ太刀

題しらず

いにしへの御世にせむとて今の世に心づくしの人ぞたのもし

大君のみこころ知らば賤が身の何をいとうてつくさざらめや

すめろぎの露にうるほふ賤の身も今ぞ捧ぐる秋にぞありける

御国まもる剣はく身のいかなればえみしに屈む腰やあるべき

桜花たとひ散るともますらをの袖ににほひを留めざらめや

いまこそはまことの光あらはれて天の下にはかかる雲なし

打てば斬りふるればほふる剣おひ股はくぐらじ大和たましひ

砕けてもまたくだけてもうつ波は岩角をしもうちくだくらむ

ふきおろせ不二の高根の大御風四方(よも)の海路(うなぢ)の塵をはらはむ

出づる日の光かかやく神国の入日のえみし何おそるべき

壬戌ノ夏。謁ス二亡友某之墓ニ一

嗟乎義友果シテ瞑スルヤ否ヤ。回天ノ好機事已ニ毀ル。遺恨空シク成ル二後死ノ人ト一。徒然乾坤訴フ二微旨ヲ一。天也不レ言ハ地也黙ス。中ニ有リ三雲霧遮ル二彼此ヲ一。頃巷清風奮ヘバレ手ヲ燼キン。請フ君勿レ悶スル暫時ノ裡。

感懐

詩賦従来属ス二泥塵ニ一。文章也此有リ二時人一。講ジレ経ヲ修ムレ文ヲ亦随意。窃ニ慕フ古今管楽ノ倫。

又

壮心固ヨリ戴ク二大東ノ風ヲ一。跋二跨シテ西天ニ一吐ク二赤虹ヲ一。不レ怪マ成功無キヲレ所レ着クル。身ハ居ル二人海万尋ノ中ニ一。

吉村寅太郎（一八三七～一八六三）

土藩士、名は重郷。大和義挙の主領者。敗れて天之川に自刃。年二十六

壬戌初夏廿三日の朝淀川を溯りて

藤の花いまをさかりに咲きつれど船いそがして見返りもせず

鷲家村にて血戦の砌

秋なれば濃き紅葉をも散らすなり我が討つ太刀の血けぶりを見よ

題しらず

ほととぎす帰れかへれと鳴く声ははるかに北の雲井なりけり

くもりなき月を見るにも思ふかな明日は屍のうへに照るやと

逸題

桜樹未開柳眼嬌。決心呼友酒終宵。一家一国何足惜。宜

使ム三本朝ヲシテ為ラ二本朝ト一。

父母に贈る書

浜田周吉へ御託の尊墨相達難有拝見仕候追々暑気に至候所皆々様倍御機嫌能可被遊御座候奉大賀候相随て私儀無恙在京仕居申候乍恐左様思召可被仰付候扨去二月六日檮原御出足同十一日高知御着之所御途中より御不例に被為在追々御差重りに而大に御苦心被遊候趣奉驚入候如何様追々御快方に御移之御趣此頃は御全快の御事と奉察賀候母上様にも御出府被遊井口におゐて御家御求被遊去月三日の夜御引移り被遊候御趣然るに万事御不自由にて御迷惑被遊候段真に何共申上様無御座只々恐入居申是と申も当時勢故と御アキラメ被仰付何卒此上御養生被遊御病気無之様只管に奉祈候

容堂様御帰国に就ては御国俗人共京都御静謐と唱候趣誠に愚かなる事に御座候此度容堂様御帰国の儀は訖度思召有之義追々相分り可申当時天下の形勢実に累卵の如き事に

而姦物共は我利欲に迷ひ種々奸計を取行ひ
天朝を軽蔑仕正義之諸侯方は少く有志のものも此頃過半帰国仕只今に而は私の如き愚
瞑のものといへども時に
朝廷へ罷出天下の議論申上候為体真に恐入候次第然るに来る十日攘夷の筈幕府沙汰に
相成窮迫千万に候所今日防禦之大体相立不申
御親兵の儀も確乎たる事に不被行日夜苦心に絶兼申候此度私帰国の儀被仰越早速帰郷
可仕筈の処右の次第如何仕候而も帰国相務不申不孝無此上候得ども忠孝両全は昔より
難仕事能々御賢察被仰付必御恨被仰付間敷是而已奉祈候其替りは
天朝御大事起り候時は一番に馳着後代の笑を請け不申様の覚悟に御座候是計は御懸念
不被仰付様奉希上候帰国不仕儀は去年三月亡命より行方不知事と思召返々も御苦心不
被遊様奉伏願候久万弥儀は文武共出精仕是又
天朝尊奉之志夢にも不忘様時々教誨希候将述莚嫡子病死の趣驚入候此度は書状差出不
申御序の砌悔宜く御鶴声可被仰付候私儀も内々
天朝の為諸国へ微行毎々仕候得共用向の儀は顕に難申上追々可申述必ず気遣被仰付間

敷候
一在国なれば都合宜儀有之候との御事は定里正或は俗吏等にても被召出候哉之思召歟と奉驚入候私儀一片より何卒
天朝の御為一身を以尽力仕候根元の存立より大不孝をも不顧去春亡命仕候素り栄花を望の心底毛頭無御座夫等賤心御座候はゞ欽而庄屋の職を尽し斯様の苦心は不仕是等の儀は御察被仰付何卒右等御懸念御消滅是祈候北川卿大庄屋見習中岡光次陸目附に被召出候善之丞より和喰庄屋と申上候は多分右間違と奉存候是等も有志の止笑する所に而可賞事とも不奉存候
一過日幕府大目附岡部駿河守帰府の砌亀山駅と歟にて浪人六人に被切懸余程危場合家来共大に働打死仕岡部は助り浪人も逃去候趣風説御座候
一姉小路様御下阪摂海紀海御巡見昨日御帰京被遊候儀も去月廿一日より大阪辺へ罷越居今朔日帰京仕候今日は武政左喜馬帰国に付不取敢右計申上候恐惶謹言
五月三日　虎太郎

父上様
母上様

重郷都へ出立しける時

四方に名を揚げつつかへれ帰らずば後れざりしと母に知らせよ

（吉村重郷母）

伴林光平（一八一三〜一八六四）

摂州の人、通称六郎。大和義挙に加はり元治元年刑死す。年五十二

京都誓願寺道場張札の中に記せる

事しあらば誰れか命を惜しむべき君がめぐみにしげる夏くさ
おほきみの魂の御楯と身をなさばみづく屍もなにかいとはむ
さくらだの雪とけぬれどかぐはしき名は万代に朽せざりけり
君が為命しにけるさくらだのますらたけをのをこころあはれ
むさしのをまづなびかせし神風は西の国より吹き立ちにけり
日の御影照らすとすれど中空にあやしき雲のたちへだてつつ
級戸辺のいぶきの風になか空のあやしき雲もいまにきゆらん

題しらず

照りかはす月ともみぢの中山も隔つるくものある世なりけり

畝火山そのいでましを玉だすきかけて待ちしは夢かあらぬか
つきづきに雲の旗手やなびくらん生野のさとの秋のゆふばえ
中山侍従卿五条政府の奸吏等を斬戮梟首し正を賞し邪を罰し露ばかりも法度にたがふ事なかりしかば、百姓四方より駆け集りて孝子の慈父を拝するが如し。其の頃詠みて奉りける
時のまにいばらからたち刈のけて埋もれし御代の道開きせん
南山にてよめる
身をすてて千代を祈らむ大丈夫もさすがに菊を折かざしつつ
十三日夕暮十津川長殿山を越ゆる時
鉾とりて夕越えくればあき山のもみぢの間より月ぞきらめく
十津川中原の里に宿りて
やぶれつる鎧の袖もつくろはん菊ともみぢのなかはらのさと
南山にありける時の事を思ひて
くもをふみ嵐をよぢて三熊野のはてなし山のはても見しかな

十津川にありける頃思ふ旨ありて

瀧川の瀬々の落鮎こころせよはては木の葉にうもれもぞする

　婗峠にて地蔵堂の中にしばしやすらひて

やま風にたぐふ真神のこゑききてねられんものか谷のかや原

　十月九日獄の側に儒館ありて書生の読声暁を侵して煩労聞くに堪へざれば

垣越えて毛儒のからごゑきこえずばしづけき宿の梢ならまし

　囚中の作

つながるる囚屋のそとの荒垣にむすびそへたるけさのあさ顔

　辞世

君が代はいはほとともに動かねばくだけてかへれ沖つしら波

　永訣書

父ならぬ父を父ともたのみつつ有りけるものをあはれ我子や

　孫子の中なる主将の五徳をよめる中に

　智

明日たたむ春をとなりのませかけてまがきに匂ふ梅のはつ花

信

かりそめのそぞろあるきのことどひも思ひおとすな露の夕顔

仁

秋萩の雨にみだるる野べみても先こぼるるはなみだなりけり

勇

捧げつる身は夏虫のをちかへり火にも水にも入らんとぞ思ふ

厳

ねぐらとぶ鳥のこゑだになかりけりあらしにたてる峰の栫椙

孫子の五事をよめる

道

民草のこころひとつになびきよる秋津島根はあやふげもなし

天

しほどきの風の心に打ち乗りて海士のをぶねは沖に出にけり

地

静にもたてるおほ城や河がみのゆつはたむらを高がきにして

将

たまはりし君が御稜威の厳桙いで取りもちてやつこきためん

法

鞭とりて往く先きほふはや馬もおくれさきだつ道はありけり

黄金(こがね)もて月日を打ちし高旗になびかぬ国はあらじとぞ思ふ

木がくれもにほふばかりの剣太刀身にとりそへて夜も行かまし

生みの子のいや八十つづき大君に仕へまつれば楽しくもあるか

渡し守この岩かげに舟つなげ流れ来し世のうき瀬語らむ　吉野川にて

藤原の大宮どころあとたえてをとめがともは春田うつなり

われはもや勅(みこと)たばりぬ天津日の御子(みこ)のみことの勅たばりぬ

大君のおほみ言葉をかかぶりて吾がゆく道は千代のふる道

度会の宮路に立てる五百枝杉かげ踏むほどは神代なりけり

大方はうはの空とや思ふらむおくれし雁の心づくしを

たまさかに粟のもちひの神祭りわれも一つは出でて拾はむ

ゆくりなく玉打つ音のきこゆるか大内山は鹿もすまじを

虫の音をあつめて聴かむ百敷の茅生（ちふ）も芝生もやつれけりとや

南山踏雲録（抄）

伴林光平

籠中日録

長月（ナガツキ）末つかた、志す要事有りて、南山を立ち出で、潜に京に赴かんとて、廿四日黄昏（タソガレ）、此三年ばかり我が住居（スミヲリ）し、斑鳩（イカルガ）の駒塚（コマヅカ）わたりより、平群（ヘグリ）の山里かけて急ぎけれど、行方しらぬ夜路なるうへに、脚気さへ悩ましければ、為（ス）べきやうもなくて、薄小萱などの中に、夜一夜、狐狸と相宿（アヒヤド）りして、明離れて後、平群谷より、河上の岩船山へと急ぐ。路の程四里ばかり、すべて事無りしを、巳（ミ）過る頃一軒屋と云所にて、ゆくりなく醜吏に見咎められて、其夜南部の県令がり赴く。かくて廿六日明離るゝ頃、南部の庁につきぬ、彼の捕はれし時、岩船山間近きよしきゝて

　梶を無み乗りて遁れん世ならねば岩船山も甲斐なかりけり

斯くて午（ウマ）過る頃、裁断所に出て、県令の問糺（タダ）すまに〳〵、有し事のさまを、有し様に答ふ。また其後、吟味所にいでて、下吏の重て問糺すまに〳〵又其有し事の様を、有し様の如（ゴト）語る。総て異なることなし。此日夕方、官庁の北畔なる新町と云所の幽所に入る。物むつかしき籠中（ロウチユウ）なりしかど、高麗縁（カウライベリ）の畳三畳を板敷の上に布列（シキツラ）ねて、膳具夜物なども、相応に心したれば、矢玉の飛来る戦場よりは中々に心安くて、のどけき方も多かりけり。かくて阿波国の浪士森孝太郎といへる男、去年四月中旬、島津三郎が、数多の浪士等率ゐて、上京しける時、其浪士の群より漏出て、いかゞ思ひたりけむ、郡山藩藤川友作が許に問依（トヒヨ）りて、兎角言争へる筋によりて、南部の県令許留（ガリ）められて、今も居るなるが、夜昼己に添居て、二なうもて勤（イソ）しむ。且はあはれにて道の事ども何

くれと言諭しなどするも、いまさらうるさき物から、かつは徒然慰むる便（タヨリ）なりけり。

昨夜南都へ来し路のほど、いと暗くて、鬱悒（イブセ）さ限なかりければ

　闇夜行く星の光よおのれだにせめては照らせ武士（モノノフ）の道

八月十七日、五条の一挙より、九月十六日までの軍記一冊、九月十五日夜、十津川郷上（ウヘ）の地（ヂ）の御陣にて、総裁藤本津之助に預渡す。此一冊、抑中山公京都脱走の前日、禁庭へ奉られし建白一通、並に御近侍の堂上方への書置一通、右二通の遺書を巻首に標列して、其余、諸家説得の時の袖控へ、五条政府の新高札、領分の大触書（オホフレガキ）、併て良民、孝子、忠僕等へ下されたる褒詞、感状、また姦賊兇徒を誅戮したまひし時の罰文の草案、また藤堂、紀州、高野山、植村などよりの文通等、悉く載せてもらさず。めづらかなる事等も多かりしを、今いづれにあるや、惜むべきことの限なり。八月十五日、十六日は、例月浪花の祝松殿にて、和歌の事等仕奉る定なりければ、八月十五日より参上りて、十六日夜亥過る頃まで、世の中の事ども、何呉ときこえあげて、さて己が伏所に入りて臥したりしに、子近づく頃にや、侍所の男、閨戸（ネヤノト）あらゝかに打叩きて「大和国法隆寺より急使候ぞ」と云ふ。急ぎ使の者に逢て、おこせつる書翰を見れば、平

岡武夫が手にて「中山公、禁裡の御内勅を蒙らせられ、容易ならぬ御要事ありて、和州五条表へ御進発有り、俗に、すは鎌倉と申すも、只今の事にて御座有るべく、何分にも御忩発御出掛明九時迄に御皈房奉レ待云々」兎も角も猶予すべき事ならねば、やをら支度調へて、使に誘はれて、夜もすがら十三峠さして急ぐ。明離るゝ頃、峠に付きて、午近づく頃、平岡が家に着きしを、武夫待詫びて、既に出で行しかば、為べきやうなくて、夫(ソレ)が妻の歎きをも、具(ツブサ)に聞取りて、さて跡を追て急ぎしかど、行程九里、倦疲れて、暮すがりて、風の森といふ所にたどりつく。

　夕雲の所絶(トダエ)をいづる月も見む風の森こそ近づきにけれ

南山に在りける時「有らざらん此世の外の心構、いかゞ」など問ふ人の有ければ

　我霊(タマ)はなほ世にしげる御陵(ミサヽギ)の小笹(ヲササ)の上におかんとぞ思ふ。

　くづれをれてよしや死すとも御陵の小笹分けつつ行かむとぞおもふ

斯く両様に詠出でしかど、いづれの方かよけむ、後見ん人、よきに定めてよ。

彼の十七日、風の森を立ちて、今しばし打喘ぎて急ぐほどに、初夜(ショヤ)すぐる頃、五条につく。かくて楢屋と云ふ旅亭に入りて、事の趣を問試みけるに、「今日しも申過頃、

天忠組の浪士達ゆくりなく押寄来りて、政府の首領はじめ五人の首級を打取りて、今唯今、刀鎗等の血を洗ひなどし給ふ也」と云。さらば行て見んとて、桜井寺と云浄家(ジヤウケ)の寺に入りて見るに、堂前の水溜の上に板戸掛渡して、其上に首級五箇、血に塗(マミ)れたるを打置きたり。兎角するほど平岡等に逢ひて、奥に入りて休らふ。十八日朝、中山公に謁す。精々天朝の御為に、忠勤有るべき由仰せられ、即ち軍記草案の役儀を蒙る。十八日、内原荘司を罰せんと、三斎(サンザイ)村に出馬有らせ給ふ。其時五条村北畔なる野司(ノヅカサ)に、彼姦吏等の首級を切掛たるを見て、戯に五条新町須恵の三村

　切り脱す芋頭さへあはれなりさむき葉月の須恵の山畑

十九日夕暮、紀川添なる橋本わたりまで、若山の姦賊等（正邪の分弁を知らず依て賊の字をほどこせり下皆倣此）寄来ときゝて、其方様(ソナタサマ)なる二見(フタミ)村の彼方まで御出馬あり。やがて御馬脇に添て出立つ。時しも八月十九日、暮過る頃なりしかば、東の山の際、月花やかに出でて、心ゆく空の気色(ケシキ)なりけるに、遥か西方に、一村雲恠(アヤ)しう立在りて、今も降り出べき様なりければ、西の方なる敵陣を、遥にながめやりて、戯に

　敵味方二見の里の夕月夜(ユウヅクヨ)東(御方)はてれり西(敵方)はくもれり

兵卒此をきゝて、各々「勝軍也（カチイクサナリ）」とて勇み立つ。かくて敵間ぢかくになるまに〳〵、俄に貝太鼓を打ちならして追ければ、敵一支（サヽ）へも得せで、紀見峠と云所まで、兵を引て退く。

八月廿日、桜井寺の御陣を出て、天川辻（テンノカハツジ）と云ふ山中へ、御陣を移さる。此日朝ぼらけより、雨降しきりて、おどろ〳〵しき空の気色（ケシキ）なりしかど、午飯（ヒルヤシナヒ）する頃より、山風さと吹出て、大空の緑さやかに見えわたり、鼓の音、やはらかに鳴出しかば、兵衆進立て、打競ひ〳〵行くほどに、瀧の音も、馬の嘶きも、さすがに勇ましく聞なされて、心行く秋の山ぶみなりけり。

路次の、五条　芳野川船渡　野原（ノハラ）　丹原（タンバラ）　和田　江出（エヅル）　大日川（オビカハ）　加名生（アナフ）　鳩の首峠
永谷（ナガタニ）　天（テン）の川辻　以上五里強也云々。

加名生皇居。桜雲記、残桜記、南山巡狩録、等に見えたり。即ち堀何某が宅也。

老梠恬巌、茅檐を囲繞し、密林幽松、庭除を遮断す。鳥語含ミ㆓元弘余愁ヲ㆒、水声訟フ㆓建武之残悒ヲ㆒、天下慷慨之士、誰不シヤ㆑発セ㆓思古之幽情㆒乎。若掃ヒテ㆓愁涙ヲ㆒、聊述㆓懐旧之蓄念ヲ㆒。短歌四首

宮人の足結触（アユヒフレ）けん跡ならし清げに靡く園の篠原
行幸（イデマ）しし跡さへ見えて秋風になびくも清き苔の簾や
摘取りて昔を忍ぶ人もなし柴垣づたひ菊はさけども
大丈夫の世を歎きつる男建（ヲタケビ）にたぐふか今も峰の木枯

此日、公入御（ニユギヨ）、戸主献二午飯及神酒一、家蔵（ニ）二後醍醐天皇之御太刀御甲冑及綸旨（リンシ）文書等一。間暇之時、請可レ拝也。此夜初更、超（エテ）二天川辻一而宿（ヲ）（ス）二坂本村（ニ）一。廿一日、出（デ）二坂本村（ヲ）一還（リ）二天川辻（ニ）一、而定（ム）二御陣（ヲ）一。昨日於（テ）二加名生皇居（ニ）一、詠与（ヘシ）二主人（ニ）一歌

里の名のあはれ阿那不（アナフ）といひ〱て獅々（シシ）追ふ老叟（ヲヂ）も年はへにけむ

天の川辻と云所は、簾村の上手（カミテ）也。懸河四囲に灑（ソヽ）ぎ、絶壁咫尺を遮隔して、要害究竟の地なれど、水の手隔たりて民家の少きのみぞ、兵衆の愁なりける。

むす苔の簾の里に住居ても憂目ばかりは隔てざりけり

此程、木工、竹工などを呼入て、大炮幾許を造らしむ。一貫目玉七挺、二貫目玉五挺、安岡嘉助、伊吹周吉等奉行す。又五条出張所にても、大炮十挺、旗三十本造る。因州磯崎寛、江戸　安積五郎、水戸　岡見富次郎等奉行す。

岡見は東禅寺へ打入りて、夷（イ）人を斬りし人なり。一昨年来野士と云者になり、薬などひさぎ、此わたりにありしなりと云ふ。

或る朝、天の辻の御陣いと寒かりければ

　榧の実の嵐におつるおとづれに交るもさむし山雀の声

九月一日頃、富貴の里に、高野山の賊僧等、攻来るよし告る者有りければ、急ぎ馳せ向て、此方より放火しけるに、旗幟など打棄て、迯（ニゲ）去りけり。此程、上田宗児を使にて、義挙の事情申遣しけるとき、直怖（ヒタオヂ）に怖（オヂ）て「たとひ山は裂け、海は涸き候とも、天忠正義の御方々へは、露ばかりも射向ひ申さぬ」よし、返事おこせる。其口脇の乾かぬほどなるを、潜に旗幟どもひるがへして、押寄来る姦僧の意存、悪むにも余りあり。命一つたすかりて、迯帰りけんも、むげに怪しき僥倖なりけり。

　春またで下に萌らん里の名に掛てにほへる園の山蕗

同頃、恋野の里に、紀賊来居るよし聞付て、同志等行て、放火しけるに、此亦速に迯げさりけるよし聞て

　我妹子に恋野の里は夜もすがらもえて物思ふところなりけり

（中略）

過し九日、南山銀峰山にて、佳節に逢ひて、つらつら寄手の家禄を数へ見るに、紀州、藤堂、彦根、郡山、芝村、柳本、小泉、狭山、植村、岸和田等、総て十有余家にて、石数凡百五十万余。僅か百騎に足らぬ正義の浪士、右等の姦賊を当の敵にて、悠然南山に高臥して、菊花香裡に漫吟する。大丈夫の一大快事、何事かこれに如かん。

去年、三条転法輪殿東行の御時、持せられし天書に、朕親征レ之の四字、始て見ゆ。其後、萩侯の建白にも毎事、御親征有らせられでは、皇輝海外に発揚仕らぬよし、丁寧親切に論成せり。六郎が決議、唯余事を言はず、唯御親征を、正皓（メアテ）と定めて、火にも水にも入りぬべき決心なりしが、其頃、壮士言志と云ふ題にて、

負征箭（オフソヤ）のそや（(助字)ソレヤ〳〵ト云フココロ）としいはゞ荒野らの露と砕けんことをのみこそ

酒井伝次郎は、久留米藩にて、年齢二十七也。沈実壮雄、議論確乎、常（ニ）不レ譲（ラ）二於他（ニ）一。高取城朝駈の日、烏帽子形の兜を着たりしを、敵の百目筒に打貫れしかど、尻居（シリヰ）に倒れたるのみにて、事なく還りしが、衆見て胆を冷さぬもの無かりき。されど酒井は、特に煩ふこともなくて、なほ所々の討手などに向居しを「二日ばかりは項痿（ウナジシビ）れて、物

音も覚えざりし」と後に語りき。小男にて中肉の人なり。

安積五郎、本生江戸の人なりといへど、其姓氏実は詳ならず。行年三十七才。龍眼虎鬚、容貌如二天王一。沈実無語、能愛二兵衆一能使二兵衆一。丈たかく肉厚し。

渋谷伊予作、河内石川氏之藩士而江戸常番之者也。享年廿二。円眼隆鼻、長高く肉厚し。膂力超レ衆、肩顒骨過レ耳。所レ帯大刀、刃の渡り三尺三寸、重さ一貫八百目と云。平生接レ衆也、語呂喃々、如二童蒙一。然而臨レ事也、応対確乎、聊不レ失二正義一。嘗使二五条藤堂陣一、賊欺而縛レ之云々。今不レ知二其死生一、可レ惜矣。

宍戸弥四郎正明、三河国碧海郡苅屋の藩士也。性沈黙寛温、能敬レ人。尤軍事に委し。されど太鼓は委しきに過ぎて、杜下儀之助に不レ及歟。（久留米藩、行年三十三、温和精実、能交レ人。）杜下の太鼓は、よく歩卒を進めて、気力不レ衰。宍戸の太鼓は、歩卒疲弊すること多し。呼吸の長短、寛急によること成べし。古曰、死生在二朴端一矣、慎しむべし〳〵。

小川佐吉良久は、久留米藩なり。柔和丁寧、而存二大義一、去六月或夜、脱藩の時、一世の別れなればとて、三歳になれる男児の、何心なげに、母の乳房を含て眠れるを、やをら抱上て、愛見しを、今はとなりて放せども放れず。此ものありては、大事ぞと思ひて、妻なる者の膝の上へ、投付て立去りしよし、潜に己にかたりぬ。義気の堅実なること可レ仰。

吉村虎太郎、土佐の郷士なり。寛仁大度、能愛レ人、能敬レ人。行年廿有五。高取城朝駈退陣の夜、只一騎、小川佐吉、中垣謙太郎の二人を率て（別に十津川人廿人引具す）城内三ノ門まで打入りて一戦、自ら槍を捻て、城将秋山何某の馬上にあるを突落し、槍を抜取らんとするに、ぬけざりしかば、強て引しらふ程に、迅雷一声、炮丸胸脇より背後へ射貫けたり。非常の痛手なりしかど、其後治療を加へて、今は快治せり。（玉二つ、鎖衣の砕疵口より後に出づ）一昨年軍学修業の由、上の殿へ願出て、出レ家。母なる人、大に慷慨の志有り、虎太郎を潜に誡て云「丈夫何の別意ありて、郷士を去てざる、事もし遅くせば、須く母の剣下に死ぬべし」と云々。奇代の女丈夫と云べし。

平岡鳩平、勇壮弁才、能く人を面折す。但し劇烈にすぎて、人和を得ざる失なきにあらず。妻は今年廿二才計歟。郡山藩士豊田右仲の末女也。容貌美麗、尤有二節操一。一別後、平岡にはかりて、手札を使に与へて、情実を慰めやりけるが、其返事に「夫婿正義なれば、妻も正義なり、御案じ下されまじく候。何分主人鳩平、若年に候間、精々御教誡下され、最後の不覚を取り不ㇾ申(ルサ)様、御教誡御頼申上候」云々といへり。

其心中可ㇾ憐々々。

九月十日夜ふけて、銀峰山の御陣を御退ありて、大日川(オビガハ)の御陣へ御還あり。道の程に、夜中(ヨナカ)峠と云ふ烈しき峠ありて、そこに同じ名の里もあり。そこにて篝(カガリ)など焼きて、やしなひなどする折柄、或丁等(ヨボロラ)打なみだぐみて、大塔宮の古事など物語るをきゝて

　当昔(ソノカミ)をかゝげて見べき人もなし夜中の里の夜半の灯火(トモシビ)

　松杉の茂みをもるる影寒し夜中の里の秋の灯火

或夜、永谷の里を夜ふかくすぐとて

　山鳥の尾の上の月もしるべせよ秋の長夜の長谷(ナガタニ)の里

十三日、長殿山(ナガトノヤマ)を越るとき。山紅葉

　長殿の木々の紅葉を今日見れば君が御旗を荘(カザ)るなりけり

　秋の夜の長殿わたり来て見れば苔の簾に霜ぞかゝれる

八月末つかた風屋(カゼヤ)の里にやどりけるとき

　吹かはる風屋の里の笹枕さら〳〵秋の夢もむすばず

同頃十津川郷の奥なる、武蔵と云所を、本陣と定め賜ひける頃、思ふ旨ありて

東（アツマ）にはあらぬ武蔵の里続きこゝもうけらの花や咲らむ

此里に楠正勝主（ウシ）の奥城（オクツキ）あり。佐久間盛政が位牌も寺にあり。めづらかにこそおぼえしか。

同郷高津（タカウツ）の里にやどりて

昔たれ炭やく烟たてそめてこゝの高津はにぎはひにけむ

同郷中原の里にやどりて

やつれつる鎧の袖もつくろはむ菊と紅葉の中原の里

過（スギ）し大氷川の戦に、危き矢玉を遁れけるもの、御方に多かりければ、大氷川の神威いまもおもひ出されて

御恵のおほき氷川の神垣はうつや霰の玉もさやらず

十四日夜、風屋の御本陣に在りけるに、ふけわたりて後、去し八月十三日、都より御供仕来し十四人の者のみ、御前近く参上るべきよし、仰言ありて、さて密（シカジカ）に云々の事有りけるよしきゝて、外様の人々臂を張り、眼を瞋らして、「正義精忠に於ては、軒行く水の山水の、さら〳〵他には譲らぬものを、峰ゆく浮雲の、など余所気には人の

見るらむ」など内々忿面（フツクミ）いふ人も多かり。己（オレ）も其数にはあらねど

　おほかたはうはの空にや思ふらしおくれし雁のこゝろつくしを

年頃住馴れし国を去り、家を出、妻を棄、身を捨（ステ）、血を分けし生（ウミ）の子等をも見棄たるうへに、剰（アマツサヘ）多くの人の希（ネガ）ふ名をさへ棄（ステ）て、限なき山の八尾（ヤツオ）、果なき谷の八十隈（ヤソクマ）不レ脱（オチ）、石根木根立（イハネキネタチ）踏みさくみて、身の労きをも厭はずば、多かる人々の中に、いづれを勝れりとし、いづれを劣れりとせむ。子もたず、妻だにもたぬ若人達は、只姦賊を悪む心競（キホ）ひに、深くも思ひたどらで、此党には与（クミ）もしつらむ。齢五十に余れる翁（オキナ）の、幾百人とある弟子を見棄、貴き主を離奉りて、子を棄、兄弟をすて、身をすて、命をすてたる心の中、よもうきたるすさびには有らざめるを、年若き人々などはいかに思ふらむ。

（中略）

廿二日、明方、宇陀の県を過ぐとて

　阿波連（アハレ）世は宇陀の県の葛つくりくづをれながらたちやはしらむ

午前（ウマチカヅクコロ）泊瀬に出て、観音には詣けれど、二世安楽を祈る心もなければ、唯絵馬様のものを見て、直に胡麻屋何某と云旅亭につきて、ひるやしなひす。

斯くて泊瀬を出でて、三輪に到るほど、黒崎村有り。此所は、雄略天皇の都せさせ給ひし長谷稚武(タケ)都の址なりと云ふ。家村さすがに立並びて、山里の様にもなきは、ほと〲皇都の名残なればなるべし。里中に饅頭てふものをひさぐ屋あり。田舎びたる少女等、さすがに花を折りて、客人のこゝろを取る、さるかたにあはれなり。そこにて、且く休て、煙など吹く。

三輪、高田屋と云ふ屋に入て、まだしけれども夕食す。それより森屋(モリヤ)、法基寺(ホツキジ)、八田(ハツタ)などの里を経て、初夜過るころ、庵治(アウヂ)、下長(シモナガ)など河堤を経て、額田辺(ヌカタベ)の里に到り、額(カク)安寺(アンジ)に入て、一宿をこひけれど、主(アルジ)の僧、いたく忌おそれて、きゝ入れねば、夕食のみたうべて、夜深(フ)けて立出づ。人情の憑みがたきこと、身の上にしられて、悲しさ限りなけれど、いかがはせむ。（此寺の僧、師弟二人己が教を受けし者也。）

安堵村、此所は夜昼となく、暇あるかぎりは、往かひて遊びし所なれば、そゞろに涙落てなつかしかりしかど、後の災ひいかゞあらんとて立寄らず。北表の高墻の外に、暫時立休らひて、さて云々して、心ならねども、強ひて立去りて、此三年ばかり吾居し、駒塚の草庵へ帰来るほど、妻なる者、吾児二人も棄置きて、既くあらぬ方へ走り行けるよし聞ければ、いと心ならずて、急ぎかへりみけるに、蔀透垣(シトミスイガキ)なども、野分の後のやうに荒果てたるに、吹ある、松の嵐に、木々の落葉のおとなふのみにて、聞馴れし筧のおとだにせねば、いと悲しうて稚(イトケナ)き児等の、つれなき親ぞと、恨むらん心のほど思ひやられて、物もおぼえねど

　親ならぬ親をも親とおもひつゝ此としごろを子や頼みけむ

斯くて、廿三日、廿四日、駒塚の木がくれに籠居てそこら見廻すに、吾子信丸等は、いづちゆきけん。兎角ものせし事跡(アト)どもを見るにも、つと胸塞りて、もとより棄し我が身なれば、命一つは露ばかりも惜しからねど、悲しき稚子の、行(ユク)へ何所ともしられぬこそ、今はの際にも心残るべきわざなりければ、今よりおもひやらるゝも、且はいさみなき老の心癖なりや。しかりとていかがはせむ。水郡(ニゴリ)善之助は、河内国富田林の在、向田(カウダ)村の農夫なり。性沈黙豪胆、年来慨世の志深くて、正義の浪士を養ひなどせしよしなるが、茲年八月、中山公の通らせ給ふとき、馬前に謁して、軍衆に加はり、五条に来居て、小荷駄奉行を勤居しが、天辻へ御移陣の後は、始終和田、大日川の砦にありて、ほゞ軍功もありけるとぞ。さるをいかゞ思ひけん、九月九日夜、保母(ホモ)建(タケル)

（土藩）石川肇（因州藩）辻幾之助（河内東山人）田中楠之助（河内法善寺村の農民）一子栄太郎　吉田重蔵（久留米人歟、大力豪勇不レ畏レ敵）等を語らひて、潜に銀峰山の御陣を遁出て、十津川の奥さして出奔す。兼て総軍師安積五郎と睦まじかりしが、翌日使に書翰をもたせて、五郎を喚迎ふ。五郎応ぜず。笑曰「将将ならねば士士ならず、水郡恨むところある歟、惜むべし、歎くべし」といへり。

水郡栄太郎、容貌艶麗、言語爽清、行年僅に十三。意気爽清、常《ニ》好《ンデ》捻《ル》二長槍《ヲ》一。父首《ノ》途之日、強て従レ後《ニ》以《テ》請《フ》レ見《ンコトヲ》二父之死期《ヲ》一、語気確実、心志不レ変、依《ラ》而《テ》許《ス》レ之。始終従《ツテ》レ父《ニ》奔二走《シ》嶮岨《ヲ》一、起二臥《ス》軍中《ニ》一、無《シ》二困苦之色一。南山脱走の後、いかがなりけむ、実に憐むべし。

三浦何某、河内石川郡の人、沈温貞実　能愛レ人、能敬レ人。行年五十一。

永野一郎、勇壮清実、勤《ム》二医事《ヲ》一。右の二人は、水郡の同志なりしかど、脱走の列にはいらで、風屋の陣中にて、なほ親く見たり。

過し二月廿八日　例の南部の神風館、鍋屋町伊勢屋宇右衛門の別宅より、駒塚に帰りて、かの安堵村今村が家に行て、何呉と物語らひ居けるに、夕方、宮よりとて、使馳来（徳松）。何事にかと馳帰りて、宮に参上りけるに、天朝より御沙汰書とて、上島掃

部（家司なり）とうでて見せらる。其文

中宮寺宮内

伴林六郎

山陵荒廃之儀、年来恐懼憂傷、苦心探索之趣、達二天聴一叡感候。尚亦出精、励勤可レ有、御沙汰之事。

右御沙汰書、廿七日中宮寺御里坊（寺町通石薬師御門前）留守居田中采女（ウネメ）を御召にて、日蔵人口にて、飛鳥井殿より御手渡に相成、扨廿八日、別使にて此所の宮へは来着きしなり。早く議奏、伝奏、山陵掛りの堂上方などへ、御礼申上べき由にて、平岡武夫に誘はれて、三月朔日上京して、有栖川、飛鳥井、野宮、柳原、西三条、徳大寺など、同月二日参勤す。此御沙汰書、広橋殿の御筆なり。難レ有賜物なれば、板挟みにして、駒塚の己が文櫃に入れおきしを、子等妻等、いかがなしけん、知るよしなし。己、辛酉年二月、宮の御内人となりしとき、蒿斎と云号を賜ひて、有栖川宮へも、其よしきこえ上げおきつるを、此度の御書に、六郎としも記させたまひしは、如何なる神の御計（ミハカリ）なりけむ。抑ゝ己が六郎の名は、天保末つかた、髪を置きて、初めて古学の垣内（カキツ）におり立し頃、因幡の国の人、飯田七郎年平と、私に契かはしつることありて、号けしを、其後幾程もなくて、もとの形になりしかば、六郎の名は、早く消果て、古き社友といへども、大方はしらず勝になれりしを、此度改りたる御書にしも、記させ賜ひしは、実にめでたき限なればとて、やがて髪を延して、天保の末つかたに立かへらんとす。かくて思へば、辛酉二月寺門をいでて大和国へ移り住ける時、「本是神州清潔民、謬為仏奴説同塵、如今棄仏仏休恨、本是神州清潔民」と作出しは、六郎の字を賜らん前表なりけり。九月廿七日、有賊所斬罪。

廿八、二九両日快晴、無事。

十月、朔日、二日、快晴、有春意。

三日、朝来隠天、帯寒意。午後隠雲乍晴。陽光微々。照幽冥之中。

四日、快晴。大有暖意、鳥語妍々、微風不動。墻外松竹淡籠煙。

五日、終日微隠、入夜暴風颯沓、万隙怒号。到暁不休。恰似座蓬底聞波濤声。

六日、終日疎雨淫風。大醸粛殺之意。晩来風休西日漸現晴光。

七日、密雲不レ雨。墻外ノ松篁黙シテ無レ語。晩来乍（タチマチ）放晴ル。

大凡、人の心の頼みがたきことは、今さらいはんもことあたらしけれど、いはでは腹のふくるるをいかにせん。枚岡武夫は其性たけくつよきにすぎて、おほかたは世の人に後めにくまるるさがなりしかど、予て義を守るといふ心癖有りければ、内々は心頼みにもせまほしくて、二なう教諭しなどもせしが、南山へ分入りて後も、万まめまめしうて「死なばおなじ所に」など、かたみに深く契りかはして、外におもふこともなかりしを、かへるさ額田部のさとにて、わかるるとていひけらく「おのれ潜に知る所がりゆきて、世の分野（アリサマ）をきゝ定めて、やがて告おこせてん。道塞かりてゆくさきなくば、ともに駒塚にこもり居て時を待ん。道あらば、相ともに京にいでてん、わするなよ。なよ〳〵」といひて立去りければ、此をせめての頼にて、日三日、夜二夜ばかり、いぶせき駒塚の木がくれにこもり居て、待試みけれど、露おとなふものもなければ、待わびて廿四日の夕暮、辛うじて堤何某が家に行きて、妻なるものにとへば、かの額田部よりいでこし夜、やがて八幡山さして落行きぬといふ。さばかりのことならましかば、はやくおのれがもとに告おこすべかりしを、行先に心や引かれけむ、はた契りや忘れけん。其夜、もし諸共にいでたらば、われも南都獄吏の手には渡らで、快く京にて死なんものをなど、かへらぬことのくりかへしいはるゝも、をぢなき老の心まどひなりや。

大和国宇陀の福智は、織田宮内大夫が知行所なり。茲年五月ばかり、江戸の邸より、秋元健三郎と云腹黒来て、種々農民を虐げけるを悪みて、瀧谷村の農民、字(アザナ)八十次郎と云男、今年十九歳になりけるが、或夜秋元が宿所に忍入て、手安く刺殺して、其夜家に帰りて、何気なき躰にて振舞居たりしかど、終に事顕はれて、南都獄舎にとらはれぬるを、其れに座せられて、三本松邑の四郎左衛門、同伊兵衛と云男も、あらぬ疑を蒙りて、同く南都にとらはれて、此は己が間近き方に依縮(シジマヒ)居れり。此両人は、実に知らざりしか、はたかつ〳〵は援けやりしか、いかゞ有りけむ。さばかり気力のある男の様にも見えず。彼八十次郎は、此許に居らねば、いかなる男にか見しらねど、さらに援のなきよしを申張りて、露ばかりうごかずとぞ。いさましき男なりけり。かの彦賊、紀賊の中に、斯ばかりの男ありやなしや。

佐久間象山（一八一一〜一八六四）

信濃の人、名は啓。開国論者。元治元年、刺客の兇刃に仆る。年五十四

感情歌百首の中に（原文、万葉体）

我が思ひ荻のした葉のそよとだに言ふ人あらば嬉しからまし

みちのくの外なる蝦夷のそとを漕ぐ舟より遠く物をこそ思へ

えぞ島や千島のそとに舟浮けて君しゆるさば沖魚つりてむ

嘉永元年元旦

舟よせし四方のえみしもけふこそは我が日の本の春を祝はめ

都人不レ識二警人苦一といふことを

つかの間も守ゆるべぬさきもりのいたづき知るや都うたびと

吉田寅次郎へ寄す

斯くとしも知らでや去年のこの頃は君を空ゆく田鶴に喩へし

題しらず

高知るや天の岩門のとざしをもひらくばかりの手力もがも

をもひをのぶる歌

日の本の　大和の国は　掛け巻くも　あやに畏き　神漏岐の　神の御代より　高知らす　天の日嗣を　天地と　月日とともに　遠長く　万千秋に　すめろぎの　しきます国と　たち向ふ　夷しが伴を　はき清め　むけ平げて　青雲の　たなびく極み　白雲の　向伏すかぎり　国はらひ　馬立てつらね　海原は　舟みてつづけ　天の下　国つ力を　もち月の　たたはしてむと　をほけなく　身をも思はず　月に日に　心尽せしを　禍つ日の　神のしわざか　往く道の　いくらもあらで　みちまけに　つまづきしつつ　罪をさへ　負ひてしあれど　石こそは　まろびもすめれ　草こそは　靡きもすなれ　すめろぎの　御門の為と　ますらをの　ふり起してし　真心は　命のかぎりいしのごと　えやはまろばむ　くさのごと　えやはなびかむ　天地の　大み神たち　信濃の　大国御霊　ときじくに　天つみ空ゆ　天翔り　見そなはしてよ　我がしづこころ

すめろぎのみかど畏こみいつくしと思ふこころは神ぞ知るらむ

蛬(きりぎりす)つづれさせとはすだけども世のつづれをばいかがさすべき

事しあれば国守(も)る人も山田守(も)る案山子(そほつ)に似たりうれはしの世や

梓弓まゆみつき弓さはにあれどこの筒弓(つつゆみ)にしく弓あらめや

武蔵の海さし出づる月は天(あめ)飛ぶやかりほるにやに残る影かも

昔より語りも継ぎつまめにしてうとまれぬるはわれ一人かは

こころみにいざや呼ばはむ山彦のこたへだにせば声は惜しまじ

信濃路の浅間の嶽のあさましや燃ゆるけぶりのたゆる時なし

あらいそに裳の裾ぬれて君がためひろひし貝を君めさずとや

読洋書

漢土与欧羅。於我倶殊域。皇国崇神教。取善自補翊。

彼美固可参。其瑕何須匿。王道無偏党。平平帰有極。

咄哉陋儒子。無乃懐大惑。

西郊演礮而遇雨作

老榴擘山電光開。操演人士呼快哉。声勢闘天雲皆去。四山鳴動驟雨来。

癸丑春三月偶感。示礮学生

未見礮台環海濤。南風四月甚関心。但教廟略無違算。応有蓄船報好音。士庶何為忘徳沢。江山亦自悪妖祲。武昌本是咽喉地。可使犬羊窺領襟。

送吉田義卿九月十八日

之子有霊骨。久厭蹴躙群。振衣万里道。心事未語人。
雖則未語人。忖度或有因。送行出郭門。孤鶴横秋旻。
環海何茫茫。五洲自成隣。周流究形勢。一見超百聞。
智者貴投機。帰来須及辰。不立非常功。身後誰能賓。

題蒲田茶舗壁

八隻軍船来聖東。　江都官吏太倥偬。　梅花不識人間事。　依
旧清芬咲海風。

獄中写懐　以下係獄中作

久憂辺事嘆天遠。　忽墜此中悲海深。　欲為皇朝存至計。　敢
因吾利労知音。　鶏鳴不已夜晦冥。　鶴韻応通蓊欝陰。　寄語
吾門同志士。　莫将栄辱負初心。

又

不思城下作盟耻。　却見忠貞抱忌疑。　伯映議疆長崎澳。　聖
東仮地下田湄。　異時軽敵已非策。　今日伐謀知是誰。　幽憤
満胷無所泄。　獄中瀝血写此詩。

君恩

君恩如天地。　国恩如江海。　外患今非一。　奮身思有済。
勉励十余年。　何問明与晦。　在卑欲為池。　在高欲為塁。
奈何肉食人。　頽然若傀儡。　苟安愒歳月。　般楽敖且怠。

当初恃不来。
仮地欠金甌。
咨余何為者。
松栢有本性。
用間在得人。
不知恃有待。
屈膝甘無礼。
致忠忽遭逮。
歳寒節不改。
全勝在知彼。
復不伐其謀。
反却知彼計。
幽囚在奸獄。
忠義許君国。
是非不可磨。
率然為所詒。
束縛直自累。
甘心待其罪。
百折何曾悔。
公論期千載。

黠虜

黠虜先声已得志。
旌帆来去更縦横。
久嘆天下無豪傑。
誰道胸中有甲兵。
終古禁人偵彼実。
連年任敵探吾情。
謀猷顚倒今如此。
不識何時見掃平。

甲寅九月。得罪帰郷。書寓居之壁。

疇昔住江都。
得譴旋故宅。
故宅久已非。
僑寓寘琴籍。
庭陰悲風起。
林景漸将夕。
昭昭秋天遠。
皓皓微月白。
鯨鯢闚神州。
東西来相迫。
智者一何乏。
因循情未索。
伊余懐忠憤。
計謀好久積。
一跌若有誤。
真是不可易。

壮節失其時。終身在山沢。或乗彼風雲。功名照竹冊。
君子何必同。趣捨動異蹟。通塞原在天。懐拘詎所惜。
前途未可知。此中養遠翮。

題那波利翁像

何国何代無英雄。平生欽慕波利翁。爾来杜門読遺伝。忽
忽不知年歳窮。撫剣仰天空慨憤。世人那得察吾衷。如今
辺警日復月。戦船来去海西東。外蕃学芸老且巧。我独遊
戯等孩童。守株未知師他長。矮舟誰能操元戎。嗟君原是
一書生。苦学遂能長明聡。一朝照破当時蔽。革蔽除害民
情従。旌旗所向如靡草。威信普加欧羅中。元主西征不足
道。豊公北伐何得同。人生得意多失意。大雪翻手朔北風。
帝王事業雖未終。収為我将応有庸。世人心竅小於豆。齷
齪寧知英雄胸。自奮能成遠大計。自屈難樹廓清功。安得
起君九原下。同謀戮力駈奸兇。終巻五洲帰皇朝。皇朝永

為五州宗。

予得罪閑居。一二有志之士。窃来学礮兵愛予者謂。宜謝生徒。因賦此以示

学本期報国。教亦在拯世。雖潜守窮居。世難情所繫。
志士以学来。豈忍挫其鋭。啓発随根器。操演忘気懈。
禍患有定命。塞竇非所済。斯理少知者。仰欽西山蔡。

聞蕃使入都　丁巳九月

忽伝蕃使入都城。幽憤無那双涙生。長策蒿萊久埋没。異言朝市尚縦横。小童十歳統戎教。新学三年摻海兵。虎狼野心非一日。将迎慎莫示吾情。

題楠公像

楠公本帝賚。何必説伝説。眇軀唱大義。皇運開日月。
惜無高宗賢。歳旱未医渇。和羹失塩梅。舟楫亦摧裂。
雖知大事去。所許終不折。臨死留其子。遺戒衛帝闕。

三朝扞蛇豕。正統繫一髪。終始為朝家。濺尽闔門血。
生為万夫雄。死為千古烈。至今金剛山。行人仰嵽嵲。

恭聞所作桜賦蒙天覧。不勝栄幸慶喜之至。為五絶句。

居然山沢一腐儒。廃錮九年形迹孤。多謝三春白桜樹。微言因汝達天都。

又

一篇賦就入天墀。想見君王帯笑披。曾用顔家田舎様。禿毫縦意写識詞。

又

細賦桜花日易消。多年蟄居太無聊。天顔応笑非壮士。篆刻彫虫学六朝。

又

桜花頌上紫雲霄。栄幸何人能得超。皇国他年有蕭統。選中亦自不寒寥。

又

親旧相伝亦喜欣。前来向我慇懃云。陪臣詞筆膺天覧。昌
俊後塵今有君。

有感

慨然発憤冒艱険。擬為皇州紓大患。豈料数奇不酬志。九
年寂寞臥家山。

文　菅相公

生前忠藎至忘軀。薨後浪遭姦禿誣。想道君霊儻有識。千
年廟食不如無。

武　楠公

帝賚無慚舟楫才。用之不果亦堪哀。天王寺裡一時策。猶
為当今指未来。

真木和泉（一八一三～一八六四）

久留米の人、号紫灘。水天宮祠官
蛤御門敗戦の後自刃す。年五十二

書

書見れば思ひあはする事ぞおほき昔もかかるためしありけり

有感

暗き夜によし迷ふとも行きなれし道はかへじと思ふなりけり

題しらず

ひとり起きて物おもふ夜は我が影もなきにはまさる灯火の下

折にふれて

風はらふ軒端の蛛のいとすぢにすがれる露ぞ身のたぐひなる
縄くちて引く人もなき小山田の山田の引板ぞ身のたぐひなる
小夜ふかくうち降る雨に声むせぶ垣根の虫ぞ身のたぐひなる

一たびは玉とも見えて吹く風にくだくる露ぞ身のたぐひなる

題しらず

袖ぬれてうきめ刈るよりまだ外のわざなき海士ぞ身の類なる

折にふれて

いつまでも変らざりけり千年川かはる淵瀬に浮きしづみても

みしめ縄ただ一筋にいのらなむ我が真こころを手向にはして

神祇

まさかきに鏡をかけて皇神のひとのこころをうつし見るらむ

八咫鏡かけし神代のおもかげをうつすいがきの秋の夜のつき

祝

三千年の昔のてぶり立ち復りかつあたら世とならんとすらん

薩摩へ入る途上

更くる夜の雪のふぶきの寒ささへ袖におぼえぬ我まことかな

小夜ふかく知らぬ旅路もひと筋の誠ばかりを知るべにぞ行く

同じ折に

わたつみの神も守らせ大君のみためといそぐ我が身ならずや

伏見一挙の後によめる

思ふこと結びもはてずさめにけり伏見のさとの夏の夜のゆめ

囚中の作

かかる子を育てしものと今さらに悔ゆらむ母の心をぞおもふ

吹く笛のその調べさへ変らずばをりをり風にたぐへてもやれ

妻におくる

葛の葉は恨みてもなほかへれどもかへらぬ袖に秋風ぞ吹く

長門の国にて月を詠めて

君もおみも天つ月日にむら雲のかかれる身とはなりにける哉

いかにせむ君がまことを久方のくも井の空にはれわたるべき

題しらず

天つ風ふけよ錦の旗の手になびかぬ草はあらじとぞおもふ

天王山にて月夜によめる

砕けても玉と散る身はいさぎよし瓦とともに世にあらんより

高山の大人(うし)なにびとぞ人ならば攀ぢても見なむわれなにびとぞ

一筋におもひいる矢の誠こそ子にも孫にもつらぬきにけれ

物思ひを弾きなぐさむる四の緒のねもつつましき身となりにけり

かかる身になりてさこそと思ふかなたぐへて見むは畏(かしこ)かれども

大道(おほみち)はひとすぢなれどよきぢ多しただいにしへの書(ふみ)見てゆかむ

浮雲のかかれる世とや名におへる秋に一夜の月もゆるさぬ

草枕旅のやどりの板びさしいたき事のみ多きころかな

かたちこそ手弱女(たをやめ)ならめますらをにかはりて国の事おもはなむ

沖つ浪かへるおもなき吾が身かなうらめしき世に浮き沈みして

深芹の思ひふかめし一葉とは身をつみて知る人もあらなむ

辞せ

おほ山の峯の岩根に埋みけり我が年月のやまとだましひ

五月二十五日。楠公戦死の日なれば。祭文なども書きて奉りつるが。
から歌もかくなん。

嗚呼赫赫公威烈。当日事情何可説。大徳雖吾不敢望。闔
門死義践其轍。

逸題

決死既三焉。不死亦幸矣。大任蓋未終。仗剣看山水。

偶成

党論復起我南遷。遷謫却慙似古賢。僥倖得斯閒日月。読
経読史亦何先。

贈某某

忠誠元不耻蒼旻。同志宛然是一身。先者雖僵後者在。豈

教彼道我無人。

祭楠公

千窟之山何以高。是楠公之所因起。兵庫之海何以深。是楠公之所戦死。全功当年雖不成。忠義千歳掲綱常。君不見千窟之北兵庫之東。紫雲不動九重崇。再造之功直所帰。嗚呼石兀青松中。

得某訃。

稲次因幡の憤死を哭せるものなり。

天道是耶非。忠義去不帰。南郡忽得訃。血涙潜沾衣。
履霜雖可懾。循環在目睫。公也一何急。不待春風及。
中夜風粛粛。心狂歌亦泣。憖執所賜扇。欲招皐某復。

有感

四十将登第二春。満頭霜雪白如銀。暗燈忽駭中宵夢。枕上執刀斬姦臣。

聞魯西亜船闌入浪速海

皇天垂戒事豈虚。既聴海氛及帝居。歳月悠悠長大息。賈生未奏治安書。

哀哉歌

有客有客名保臣。以罪逐在華江浜。四十鬢髪白数丈。骨長膚黒眼光瞋。一脈曾溯洙泗水。寧知被世喚奸人。嗚呼哀哉涙輒下。陰雨此時入暮夜。

有母皤皤在紫灘。幸聞即今身体安。哀哀父兮棄我早。母也鞠我実艱難。殊恩未報反労劬。中夜憶之心胆寒。嗚呼哀哉肌生粟。暮蟬此時声断続。

有姉有姉在米城。両氏聞共座臥平。生別焉知是死訣。姉也潸潸哭呑声。南遷始得其書信。僅慰忡忡思郷情。嗚呼哀哉腸如刮。暗蛩此時告粛殺。

有婦留有阿母辺。不得従我之南遷。書信為説無他術。瞻

仰日日泣旻天。三児健矣君莫患。妾将砕励使之賢。嗚呼
哀哉思粉骨。月影此時穿窓隙。

有弟出在華水湄。今我放流寓于斯。門戸咫尺不得出。南
土六月炎熱時。安慰時時勧我酒。婉辞又投遣愁詩。嗚呼
哀哉心如燬。斜日此時射窓紙。

有弟遠在竈山下。聞汝夢寐苦思我。書信硬塞不易通。況
則堂上相逢者。苟無心術恥鬼神。他年極有承天嘏。嗚呼
哀哉泣嘘欷。孤雲此時向北飛。

有弟近在紫灘南。耕畝逐牛避人間。自我南遷卑魑魅。捨
耡萱堂侍慈顔。幸有弟也幹母蠱。乃兄因以食少甘。嗚呼
哀哉思欲死。狂風此時捲地起。

有男在家似新孤。近聞盤桓迷世途。道未墜地自坦坦。汝
也亦是一丈夫。乃祖功業宜修之。戦兢勿効乃父愚。嗚呼
哀哉涙皆血。孤燈此時影明滅。

有女嫋嫋在母傍。瘖寐髣髴不得忘。資性堅貞才少有。書信可見両三章。乃翁既無観時智。使汝幼冲此断腸。嗚呼哀哉夢数悪。天外此時聴鳴鶴。家在小男年甫十。骨格類我性敏捷。汝鮮兄弟又離吾。定知逡巡迷険渋。丈夫豈依人与時。奮激只当自独立。嗚呼哀哉思不禁。村笛此時動悲音。

甲成歌

弘化乙巳我甲成。乃祀武内奠粢盛。尖鍪兀然山欲壊。堅札錚錚夜有声。風払中坐生腥気。雪翻旌旗衝簷楹。賀客時来撫相見。或称明快或称奇。一客晩来笑多時。勃然瞋目詰我急。爾為祠官逢昇平。爾作此物果何為。答之以虚失信義。以実答乎有嫌疑。嗚呼今世不易処。甲乎甲乎爾独知。日本由来倚耀武。便称細矛千足邦。開拓土宇日百里。北攘蝦夷西韓戎。廟謨百世如画一。将卒孰不称羆熊。

陵遅漸為文弱俗。鎖国居然安下風。天正会有征韓挙。百万纔奏禦海功。慶元以降属無事。旌旗腐敗甲委虫。太平如此古来少。士人骨肥顔色紅。西天有星寒殺気。一匹之練度三春。天下瞻仰共恐縮。天官阿諛不奏真。忽有辺陲告変事。駅路騒騒夜揚塵。琉海破浪鮫鱷来。瓊浦衝雨鴟鴟屯。欧夷黠謀元百方。垂涎神州又多年。守戦願不失国体。相将可定有其人。男子生世豈徒然。為国方須甘摧身。士農工商平日分。此時何以論四民。甲乎甲乎爾助我。我以我武報帝宸。

脱走入薩途中作　文久二年

寒風凛凛雪霏霏。自挈行燈往又帰。軟脚如何不従意。神魂独向九天飛。

魔府偶成　文久二年作

包胥出楚意空酸。客舎三旬恥素餮。跛鼈豈無千里志。窮

猿何投一枝安。天公不佑憂世切。人事反看得便難。夢悪枕頭驚坐起。風燈閃閃白龍寒。（白龍保臣所佩剣名）

示同盟諸子

洋夷猖獗自午年。上国煽来羶穢煙。九重布命誰先応。我廿余人起挙鞭。

無題

回天術尽壮心残。被世亡人一般看。賈生心事誰能識。燈下揮毫策治安。

題日向某駅壁上

地治南浜山嶽崇。人望忠義貴英雄。誰知一百二城裏。認得神孫創業風。

経緯愚説

大凡事を為すに大義を以て終始を貫くものあり。経と名付くべし。又或は先或は後事勢の宜に従つて挙ぐる事あり。緯と名付くべし。今経と緯とを分ちて愚説のあらましを附すと云爾。

経

一、宇内一帝を期する事。

祈年祭祝詞の中、　皇大神宮に奉レ告詞に、狭国は広く、嶮国は平けく、遠国は八十縄打ちかけて引き寄する事の如くとある。即　天祖の神慮にあらずや。然ればこそ、昔の　御門は、蝦夷は云ふもさらなり、粛慎、勃海、三韓、琉球まで　皇化を敷き給ひ、中古までも、坂上田村丸は日本中史の石を奥州南部の辺地に建てたりといへり。勿論　我天津日嗣は宇内尽くうしはき給ふべき道理なり。露西亜王ペトルが妻は、婦人にてすら、ペトルが遺業を益々盛にして、我海内一帝たらんと志を立てたるよし。固より我国は大地の元首に居て、地理を以ても四方に手を展ぶるに甚便なり。一世にては成就すまじけれど、今日より始めて其規模を定め、東より西よりいづれにても其宜に従ひ事を挙げて、遥に　天祖並　列聖の御志を遂げさせたまふこそ、我　天子の孝とも申べき事なれ。

一、創業の御心得事。

太祖も中興なり。然れども草昧の運洪荒の世に筑紫より中州に入りたまひ、　皇化をしきたまひし業は創業なり。中宗も中興なり。然れども封建の弊出で、修むべからざるを察して、新たに郡県にかへたまへる業は創業なり。今又大業を興し、宇内尽く　皇化を敷きたまはんとするに、尋常の　御心得にてなるべきや。太祖　中宗よりも十倍の功を加へたまふべき事なれば、御みづからも梳風沐雨の労に臨みたまひ、人才を挙用させたまへる事も、彼の椎根津彦を漁父より抜き、饒速日を敵軍より挙げ、嚮導宿衛に用ひたまひ、高玄理を異邦に取り、旻法師を異端に擢きて朝政に参与させたまへる如く、才徳あらば尊卑彼此の差別なく挙げたまひ、況んや門地よき家に出でたるは、年少老病の嫌なく、皆赤心を推し開きて各々其能により、十分に委任し、其才を尽くさせたまふべき事なり。

一、徳を修むる事。

王者は天地に中し士民に臨むものにて、天地鬼神に対しても、少しの慙徳なく、億兆よりは父とし師とし法則と仰がるゝほどの徳なくば、思ふ事も為す事も成就する道理なし。然れば大学にいへる誠意正心に心を用ひ、中庸にいへる智仁勇の徳を積み、天運の盛衰臣下の邪正を明に見、神人万物を愛養し、諫に従ふこと流るゝ如く、過を改むるに吝ならず。公明正大、胸襟洒落にて、大なること天の如く、明らかなること日の如く、容るゝこと河海の如く、高きこと山嶽の如く、正しきこと権量の如く、白日暗夜のへだてなく、深宮外庭のたがひなく、徳を修むるを第一の肝要とするなり。

一、経筵の事。

生知の資といへども、学を勤めぬはなし。唐虞の際にても、君臣都兪の間、学の趣意多し。孔子の大聖にても、好学といへり。然れば天下第一等の徳ありて、学術正しき人を両三人不次に択挙、又其次に只切磋する如き人物を十人ばかりも求めて経筵を開き、其礼を正しくして学習せさせたまひ、又日日に歴史諸子を始め肝要の書或は兵書をも講ぜさせ、飽くまで智識を弘めたまふべし。学問は徳を修むる階梯なれば、一日の間も闕きたまふべからず。

一、紀綱を厳にする事。

天下は、紀綱厳ならざれば、一日も不レ立なり。紀綱は威権常に上に在つて下に移らぬ様になくては不レ叶然らば人主聡明にて人臣の邪正を弁じ、其才によりて職を授け、諸務統体を正しく委任し、政府の庶務壅滞なく、勿論 至尊日日其席に臨みたまひ、大事は尽く御みづから英断ましまし、天下一般 朝廷を仰ぐこと火の如く明らかに、下州遠地に至るまでも行き届きて、少しの事も暗昧の事をなし得ぬ様にあるべき事なり。

一、賞罰を明かにする事。

賞罰は人主の大柄にて、臣下の与かる所にあらず。且賞罰ほど人に利目あるものなければ、秋毫も賞罰其功罪に当らざれば、大なる禍となるもの也。故に審に議して、至当の所に中る様にすべき事也。さて又速なるを善とす。遅ければ功を遺れ、罪を軽んずるに至る也。

一、節倹を行ふ事。

大凡創業中興を致す人主は、いづれも、躬に奉ずるは勿論、万事質素なり。大廟の茅葺など、古風の遺りたる也総じて今の世にいふ旧例古格と唱ふるもの多くは侈麗の事也。一旦世の驕奢を矯むとも、不レ得レ止ことなれば、当時の風を十分に破り、太古の朴素に挽回すべき事なり。

一、親征の事。

万一洋夷来寇せむ時、彼は軍陣に習ひ、大艦大砲其他の器械もよく揃ひ、掛引なども自由なれば、打見ても目眩み心惑ふ様にあるは必定なり。我は二百年の太平にて、士民気体も弱く、軍器も適用の物にあらず。兎角見おぢ 聞おぢして、脇ひら見合せて真の気前にならざれば、先づ第一に 親征の号令を下し、すは来寇すと云ふやいなや、人数は不レ揃とも、武器は不レ備とも、小敵大敵の差別なく、一歩にても踏出させたまひ、錦の御旗を翻し、おのれにくき禽獣め、一人にてものがさじと勇み進みたまはせなば、或は兵粮なし、或は軍用なし、艦なし、砲なしなど身勝手の事ばかり云ひ噪ぎたる者も、天晴 御門の親征したまへるに、器械など云ふ時にあらず、丸裸にても 御先に立、御楯とだにならましと真の気前になりて防ぐべし。如レ此人気一度振作して、死物ぐるひになるうちには、智慧才覚ある人も出て、種々の謀計を運らし、防禦の術も意外に出来るべし。天時も地理も人和にしかずといへるも斯る事を云ふぞかし。如レ此両三度 車駕を動かし給ひなば、後日の外国征伐は、四道将軍の如く、親王方を元帥として、其一面の諸侯を指揮して出征し、車駕は只時を以て東西南北巡狩がてら其方の軍機を運籌したまひて可なるべし。兎角大権を握らせたまひて下に移らぬ様の事王者の一事なり。

一、百敗一成の事。

太祖の中州に入りたまへる、暴風にて稲飯命を失ひたまひ、流矢にて五瀬命を失ひたまひ、御軍も幾度か利あらざりき。されども少しも 御志をかへさせたまはず。終に 大業を成就したまひぬ。漢高祖の如き、度々項羽に困しめられ、一族も散々にて、命も既に危ふかりしを、少しもひるまず、終に王業をなしぬ。其他創業の主の事を起す始め、死ぬばかりうき目を見ぬはなし。固より征戦は死生の地にて、畳のうへの議論と異なれば事に臨みて意外の難儀もおこるは当然の事と知るべし。然れども極意の業に心志を静かに定めて、大事に行き当りても沮喪することなく、気長く謀るべき事なり。

緯

一、言路を開く事。

兎角上の人は、下情に通せず。故に為る事盲打の事おほく、本元の趣意仁愛より出づる事も、下々にては思の外難儀に及ぶ事あり。況んや至尊は九重の上にましませば、四海の広き、億兆の衆き、其情実をしらせ給ふ道理もなし。雖ㇾ然下情に疎にしては不ㇾ叶されば言路を開きて、公卿士夫は勿論、田夫野人に至るまで、思ふ所を十分に打開き、少しも忌諱の恐なく云はせて聞かせ給ふより外の術なし。聞かせ給へば、上の御益は申に不ㇾ及下々にても思ふ程吐き尽くせば、おのづから鬱結の気洩るべし。

一、旧弊を破る事。

太平久敷続く時は、何事も自然と鄭重になるは当然の理なるが、　天朝は殊更下より如レ天如レ帝只管に高くのみなし奉りたれば、地もふませ給ふ事もならず。深宮に潜まり居させられ、宮女の手にのみ扱ひ奉り、容易には詞も出し給はぬ筈のものとなし奉りぬ。それに習ひて、堂上方も各々尊大に気合のみ高く、人情世態は何事ともしらぬ筈の様になり、万端旧例古格を金科玉条の如くになし来りぬ。それも実の古昔の例格ならば宜しかるべけれど、奈良にものぼらぬ近古の事なり。然らば此際に於ては、何事も打破り、遠く古に立回り、　天智天皇以上　神武天皇　神代の例をのみとり行ひ給ふ様にあらまほしき事也。

一、封建の名を正す事。

上古は封建、中古郡県となり、今又自然と封建になりたるも、千年近き事なり。吾邦は海中屹立にて、四面賊衝なれば、諸侯を建て、各々其土を守らしむること制の宜万世不可易、方今自然に個様なりたるも、　天意にやあらん。然れど　天朝より人情世態を察して更革し給へるものにあらざれば、　朝廷のみは矢張り郡県の御見通しなり。されど其縉紳家の家の例を以て官職を得らるゝなどは、又おのづから封建の遺風なり。兎にも角にも天下の大形、人情の好悪、封建は当り前なれば、其名を正して五等の爵を授くるぞよろしき。古封建の詳は知る可らざれど、公別、国造、稲置、県主とて凡五等と見えたり。彼の公侯伯子男と相似たり。何事も古に挽回するこそよければ、公別、国造の名を復し、仮令ば加賀は領する所の三国をすべて加賀の国と号し、仙台は其領の郡名の古雅なるを取りて宮城の国とか賀美とか号し、薩摩は三国を薩摩と号し、扨又小国は一郡の名をとり、松浦の稲置、玖麻の県主など、方今の封に就いて名を賜ひたらば、名実正しく、国主、郡主の心にもいかばかりか辱なく思ふべき。

一、古来の忠臣義士に神号を賜ひ、或は贈位、贈官、或は其子孫を禄する事。

忠義の魂魄を冥々の中に感動し、節烈の心志を目前に奮発せしむるは、此一挙にあり。さし当り攘夷の事より起りたれば先づ外征に功烈ある　崇神天皇　応神天皇神功皇后の山陵に奉幣し、武内命はじめ歴代三韓にて功績節義あるは神号を賜ひて祠を建、藤原隆家、北条時宗、河野通有、菊池某、序に南北朝時代の忠臣義士、楠氏を始め、足助重範如きに至るまで、尽く官位を贈り、其墓あるは墓に　勅使を以て事を告げ、此節の攘夷に冥々より力を添ふべき　宣命など賜ふべし。又当時其子孫の列藩に在りて士夫たるは　朝廷は召し、其事を命ぜらるるもよろし庶人など落魄したるは、召して県士に列せらるゝとも、又遥に賞物を賜はるも可なるべし。

一、九等の爵位を修むる事。

一、文武一途にして、其名を正す事。

大宝の制九等の位、方今初位八位二等はすたれたり。全体に爵位を重くして、初八の二等を復し給ふべし。さて封建の世は、自ら家に等あるものなるが、下のしなりに任せず。早く上より其等を定むべし。二位以上公、三位別、四位国造、五位上稲置、五位下県主、六七位、朝廷の上士藩国の太夫、八初位　朝廷の下士藩国の士と定め、又位によりて寵号を定むべし。仮令ば一位は真人、二位は朝臣、三位は宿禰、四位は連、五位は直、六位は首、七位は史、八位は使主、初位は臣など何姓の人にても其位によりて姓に其寵号を加へ称し、他より称するには、名の下に寵号を加へて、方今の様殿など称すると同じ様にあらまほしき事也。

一、勲位を復する事。

攘夷を手始とし、宇内尽く皇化を敷くには、征戦やむ時なかるべし。されば勲位を復して、武功を賞し給ふべし。

一、服章を正す事。

衣服の余り等級多きは、奢侈の元なり。然らば吾等の服を制すべし。先づ祭服、冠は古の髻華によりて制し、衣は小忌裳は大積襞にて褶の様に制定し、下の袴は小袴の制にて紐通しを付け、事ある時は膝下にてくゝる様にし、五服共に此袴はかならず下に用ふ。手には漆ぬりの扇を取る。是も五服共におなじ。礼服は是までの通りにて、少しく更へて唐人めかぬ様にあらまほし、朝服は、冠は今のより大きくなし、纓は巻纓にて、是も大きくなし、衣は闕腋にて短く裳は褶にて、下に小袴たるべし。衣の下に単を用ひて、下襲を廃すべし。表袴も廃して可也。燕服、圭冠にし、衣は羽織にて闕腋に製し、上に肩衣を着る。裳はあらき積襞にて、裙の製のごとくす。野は、白鹿皮の帽子、狩衣小袴のみ。戦陣には野服に戎衣を加へ、旅行或は蒐狩には鹿皮の行縢などを加ふべし。初位以上、五服共に着す。尤位にて青黄赤白黒の色を定め、只朝服は、朱明の花様の如く、方今の家紋と云ふものを以て三十等を定む。庶人は燕服を以て五服を兼ねて服用す。特に喪服は、礼服を生布にて製し、冠を生布にて圭冠に製するのみ。庶人は、燕服を生布にするのみ、あらまし右の様に簡易に製し、時勢に従ひて移り行かぬ様に厳に定め給ふべき事也。

一、文武の大学校を立て、天下の人才を網羅する事。

一、伊勢尾張の神器御扱方の事。

一、親衛の兵を置く事。

一、僧を以て兵とし、寺院を衛所とする事。

一、兵器を改め造る事。

一、古訓師を学校に置きて、舶来の器械に名を命ずる事。

一、財貨を公にする事。

一、邦畿を定むる事。

一、帝都並離宮を定むる事。

一、租賦を軽くする事。

一、官制を改むる事。

右の外、礼楽を制作して永世を固く定むるまでは、数百箇条あるべし。猶追々可二申上一とてあらましを記しぬ。

（真木保臣末女）

実兄へ送る書状の奥に「ととさまの打死悲しくは候へども皇国の御為と思ば御互にめでたく」

聞く人もあはれと思へ小牡鹿の声のかぎりは泣きあかしつつ

平野国臣（一八二八〜一八六四）

福岡藩士通称次郎、文久三年生野
義挙を起し京獄に斬らる。年三十七

折にふれて

かたらはむ人しあらねば大君は雲井にひとりものおぼすらむ

斯くばかりなやめる君の御こころを安めまつれや四方の国民

数ならぬ草のした葉のつゆの身も死なばやしなむ大君のへに

霜月十五日の夜月の隈なきに浪風さえたれば

霜むすぶ風はいと針ならねども身をぬふばかり寒けかりけり

桜田の事を思ひて

さくら田の名もおもしろし打太刀の火花にまじる春のあは雪

月照が墓の燈籠に

ながらへばかにかく命あるものを過ぎにし人のこころ短かさ

ながらふも死ぬるもおなじ大君の皇国のために尽すこころは

鹿児島に入りさまざま同志と語らひけるに、事成らざりければ

我が胸のもゆる思ひにくらぶれば煙はうすしさくらじまやま

壬戌正月薩人に贈りたる培覆論の末に

天皇はかみにしませばうちそとの醜のえみしら立ち向はめや

述懐

たまたまに人と生れていたづらに草木と共に朽ち果てぬべき

月形洗三等に送る状中に

今しばし待てやみやこの花紅葉行幸ある世となさで止むべき

赤間関にて捕へられて本国に送られし時

ゆるされつ又からまれつ悩むかな風さだまらぬ松が枝のつた

吹く風はをさまれるやと立ちよればなほ浪たかき筑紫潟かな

すめろぎに捧げあまれる身もいまは心つくしの君のまにまに

大蔵谷にて囚となり獄に下され、墨筆もあらざれば紙捻し
て文字を作り紙にはりつけ、藤茂親が大島の配所へおくり
ける歌の中に

島守もさゆる夜いかに侘びぬらむ我にひとしき友とおもへば

上京をゆるされたれば

時を得て龍もくもゐに上るなりいつまで斯くて世に潜むべき

御親征の御沙汰を承りて

大君のみ為と言ふもおほけなやつくし甲斐なき数ならぬ身は

題しらず

神風や大和にしきの旗の手になびかざらめやしこえみしぐさ

山陰道をさして落ち行く時

心よくやがてみながら刈り捨てむほこらば誇れしこの醜ぐさ

題しらず

わか芽さす春なからめや神無月おほうち山はもみぢしぬとも

大君にささげまつりし我が命いまこそ捨つるときは来にけれ

囚となりて湊川を過ぐる時楠公のおくつきに詣でて

亡き魂もあはれとおもへ湊川きよきながれのすゑを汲む身は

六角の獄中にて

天つ日をおほふ大樹も暫しにてつひに枝葉も枯れはてつべし

天つ日の御蔭によりて栄ふとは知らずや松のしたりがほなる

獄中の作

はれくもり暫し霞のかかるともうごかぬものは大和だましひ

もののふの思ひこめにし一すぢぞ七世かふともよし撓むまじ

忍向上人の入水をいたみて

花の都も秋は猶　夕淋しき風情なり　名は流れたる清水や　落ち来る瀧の音羽山　秋の葉色の染むごとに　散るや紅葉のちりぢりと　乱れ行く世の浪花江や　芦のさはりはしげくとも　猶世の為に身を尽し　つくさむとても筑紫潟　波影の岸のなみならぬみさををいつか深みどり　色も替らぬ青柳の　駅路越えて香椎潟　たたらの橋を打渡

神にあゆり　千代の松原ちよかけて　万代かけて君が代の　千歳の松によそへつつ　御みを箱崎の　社にかけし四の文字の　筆の主をよくとへば　延喜の帝かしこくも　忘れ手をば下しませりつつ　爰もむかしは石畳　重ね重ねし白波の　よせしむかしは忘れじと　恨み浦和の夕たすき　かけて歎くも憐れなり　濡衣塚のぬれ衣　吾身にきたる心地せり　頓て博多の仮住居　此所も浪風騒がしく　また行く方はさつまがた　沖の小島にあらねども　心ほそくも都にて　誰かあはれと思ふらむ　たよるは心つくしがた　一人の外に打明けて　語らぬ人も浮沈　浪路隔てて　野間の関屋の関守に　せきとめられて又船に　のるともそれと寄るあだに　浪にゆられて行く先は　黒の瀬戸てふ名もうしや　やがて鹿児島籠のとり　つばさちぢめて潜みしが　又木枯の風と驚きて　日向をさして船出せし　日は神無月望の夜の　かたぶく月ともろともに　照りかがやきて曇なき　身は大君の為にとて　ここに一人の薩摩がた　いかなるえにし前の世に　契りも深き船の沖　そこの滓となりぬるを　乗り合ふ人も舟人も　かいの雫も露ほども　さりとは知らず白波の　立ちさわげどもかひぞなき　猶東雲の明がらす鳴くより外はなかりけり

いくめぐりめぐりて今年橿原の都の春にあひにけるかな
都には吹きもいたらず火の国の阿蘇が根おろしおとばかりして
世にたぐひあらじと思ふさびしさは囚屋(ひとや)のうちの雨の夕ぐれ
飼猫のかよふばかりの窓ひとつあきたるのみぞ命なりける
行き通ひ見守る人のたえまなく囲みの外(そと)は草もむしあへず
いとをしみかなしむ余り捨てし子の声立ち聞きし夜半もありけり
吾がこころ岩木と人や思ふらむ世のため捨てしあたら妻子を
もののふの花桜田の春の雪つひに消えてもめでたかりけり
夜は長し風は身にしむ囚屋寝(ひとやね)のしとの数さへまさるわびしさ
かかる世は諫(いさめ)の鼓破(や)れぬともなほ張りかへてとどろかしてむ
我ながら我もたふとし我ばかり世を嘆くだに世にはすくなし

辞世

見よや人あらしの庭のもみぢ葉はいづれ一葉も散らずやはある

国事建言書

謹で奉密奏候当時天下之形勢駸々として黠夷外より逼り焰々たる大姦内に誇り、其機の不安事譬は人体に癰疽之両病を醸すが如く実に国本の存亡命脈之断続此時に有之段は今更申上候迄も無御座、即　叡覧の通に御座候然る上当十月にて華庫堺之三津開港之期約満候由、若此三ケ港開港に相成候へば、例の商館と号し城廓様之物を製造し、群虜を屯せしめ、軍艦を繋ぎ、砲台を構へ、水陸を要塞するに至り、神州中断の象にて、譬ば龍蛇の胴中を切断せらるゝ如く首尾自ら卒然応援之道運び難く乍恐鳳闕之御危難、累卵よりも甚く、万一及其期候ては外寇攘掃之策可施術計無之手を束て左袵蟹文之風に変じ乍居腥膻之正朔を奉ずるの外に処置無之儀は、鏡影よりは朗に御座候、右に付両三年前より誠に心配仕、是非共当春迄には、義旗決挙不仕候ては、不相成候へ共、義徒烏合計にては、僅数百人之事にて、志を不遂而已ならず、却て後害を引出し候様に至り可申に付、是非に大諸侯を頼まずしては、迚も不叶事と因循仕候内、皇妹様には、関東に御降嫁に相成、恐多くも去冬幕朝に於て国学者共に申付、忌々舗御旧例をも取調候趣脱漏仕候故、何時暴虎馮河之機に至候も難計、彼此以天下有志の者扼腕憤激仕、義気十分に震立機節相顕候に付已去年十二月、一書を携へ薩州之関所を犯し、鹿児島府に入込申候処一藩案外奮起仕居申候故即一封を修理太夫之実父、島津和泉に奉り申候、其頃同藩にて、常春修理太夫出府之所を延引にて、当秋にも相成勢に御座候処、俄に其後事改り修理太夫の名代として、和泉出府と申事に決定し、則此節上京之儀に至り申候、如此薩の一国挙て勤王の儀相決、西海山陽南海之有志之輩如此奮起或は亡命脱藩して上阪仕り、京摂へ潜伏仕者も数多有之、実に止るに不可止勢にて、必死確決を以て、是非共此度大挙して恢復之基を開き候筈に御座候、斯く人気奮立大機会是迄所未有にして千万世の一時に御座候若此機会をはづし候ては臍を噬共無詮、決て不可再来一機に御座候一旦如此決発仕候上、悠々不断之処置に至り候心遣ひは毛頭無之候へ共同くは決挙仕候中にも上策に出候へば労せずして其功十分に御座候、若下策に落候へば、労して功なき而已ならず、却て後害を醸し候儀も可有之故、乍恐神武不思議之叡断を以、第一上策に出候様に被為有御座度、一着に手を下し候処の三策、試に左に認候て、奉備　天覧候宜舗　聖裁奉懇願候

上策

一、島津和泉滞阪中、綸命下り、直に花城を抜き、彦城を火し、二城之城を屠り、同時一勢を率て、和泉将帥として上京し、幕吏を追払ひ、粟田の宮の幽閉を解奉り、参廷の上聖駕を奉じ蹕を花城に奉遷皇威を大に張り七道之諸藩に命を賜ひ、陛下親く兵衆を率ひ賜ひ、直に函嶺を以て暫く行宮とし給ひ、幕府之科を正し、即前非を悔、罪を謝する時は、官職を剝ぎ爵禄を削て、諸侯之列に加へ、若し命に叛き候時は、速に征伐するもの、第一上策とす。

中策

一、和泉出伏之上、綸命下り上京、直に幕吏を払ひ、粟田宮の幽閉を解き、二条城を抜て、是に寄り大に皇命を四方に下し、義侯を募り、其後華城を抜き、大駕を還し奉りて幕罪を正す是を中策とす。

下策

一、和泉出京陽明家へ参殿之上、漸次決議にて、幕吏を攘て、粟田宮之幽閉を解き、二条の城を抜て是により、官軍を募り、皇城を張て幕罰を正し、華城を抜て尊攘を議する者を下策とす。

右三策の外、凡公武合体夷狄掃攘抔と申候趣は、根元姑息平穏を好み、不断隘慮之胸臆より出る処にて、仮令事行はれ候ても十分の落着は無覚束六大洲の末までも皇威を輝し、万々歳神州安全之基は開け間敷候　御合体之機会は、已に五ケ年以前に有之即宗族にても尾水越外侯にも土因薩之如き英傑俊才之面々、之を謀ると雖も整はざりし故、轍にて其後益衰弱窮まりたる幕府を憑み、攘夷を策するは古今の愚策にて決して行はれ間敷候、殊に如此醜虜と、親睦仕居候幕府へ、御合体之儀は乍恐矢張外夷御合体御同様にて、自今三ケ年も過候中には乍居腥羶之属国に成果候は必然之義と奉存候此度者一際抜群之　叡断を以海内蒼生之弊心一洗憤発候様　聖志を不被励候ては皇邦之存亡、乍恐国体之安危も此一挙に御座候何卒一等之上策に出候様神速に天決奉仰願候、誠恐誠惶頓首敬白

文久二年四月八日

筑前浪士平野二郎国臣

久坂玄瑞（一八四〇〜一八六四）

長藩士、名は通武。通称義助、号玄瑞。
蛤御門の戦に傷きて自刃す。年二十五

辛酉江戸遊学中のうた二十首の中花をみて

咲きにほふ花を見てだに忍ぶかな雲井の風のけふはいかにと

感懐

君がため何か惜しまむもののふの有りなし雲に我を見なせば

むら雀むらがりをれど飛ぶ鷲の羽風にちるかあはれ世のなか

十七義士の誅せられしと聞きて

いやつよき嵐のままに咲きはらふ紅葉の色はちりてこそませ

小林民部日下部裕之進などの流罪に定まりけると聞き

千里の海汐路をよしや隔つともなほかりがねにつてだにもせむ

感慨

秋ふかみ牡鹿の角のつかの間も千々にくだくる我がおもひ哉

ことに触れてよめる

斯くまでに青人草をすべらぎのおぼす御心かしこきろかも

千早振神のみつるぎ振りおこししこのえみしをきりしまの山

天さかる鄙にうまれし賤が身もすめおほ君のみ心にやあらむ

よしやさはかねて待ちこし時ぞ今君が為にと身をも捨ててむ

君のため漕ぎ出づる船ぞ富海（とのみ）がたあらき浪風いま立つなゆめ

もののふの臣の男はかかる世になに床のへに老いはてぬべき

えみしらを攘ひもやらでいたづらに海辺の城にすむ人やたれ

道もせのいばら枳殻（からたち）かりはらひ桜かざしてたぬしくをへむ

思ふことありて

大君の御うまの口をとりなほし吉野の山にさくらがりせむ

いざや子ら剣とぎはけあづさ弓靭とり負ひてみやこに行かむ

題しらず

殿居する大宮人はこゝろあれや御階にかぜのさくらをぞ咲く
賤たまき数ならぬ身もおほぎみの御幸し聞かば道はらひせむ

いかなる折にか

君がためつくせや尽せおのが身の命一つをなきものにして

文久三年八月十八日、思ふことありて、この曲をうたひつゝ、都を出で立ち侍る。

世は刈菰と乱れつゝ　茜さす日もいと暗く　蟬の小河に霧たちて　隔の雲となりにけり　あらいたましや　霊きはる　大裡に朝夕殿居せし　実美朝臣に季知卿　壬生沢四条東久世　その外錦小路どの　今うき草のさだめなき　たびにしあれば駒さへも　すすみかねてぞ嘶きつつ　ふりしく雨の絶間なく　なみだに袖のぬれはてゝ　これより海山浅茅が原　つゆしも分けて芦が散る　難波のうらに焼く塩の　辛きうき世は物かはと　行かむとすればひがし山　峯の秋風身にしみて　朝な夕なに聞きなれし　妙法院の鐘の音も　なんと今宵はあはれなる　いつしか暗き雲霧を　はらひつくして百敷の　みやこの月をしめで給ふらむ

ほととぎす血になく声は有明の月よりほかに聞くものぞなき
もののふの八十うぢ川にくだけても流れははてぬ月の影かな
けふもまた知られぬ露のいのちもて千歳を照らす月をみるかな
玉藻刈る富海（とのみ）の浦ゆ大船に真檝（まかぢ）しじぬき都にのぼる
あなうれし数まへられぬ賤が身も数まへらるる時し来れり
向股（むかもも）に泥（ひぢ）かきよせて早稲刈りし民の児らさへ国し思へば
山ざくら花もろともに散りはてし常陸男のこひしきろかも
いくそたびくりかへしつつ我が君のみことし読めば涙こぼるも
ふるさとの花さへ見ずに豊浦の新防人（にひさきもり）とわれは来にけり
真木の立つ荒山中のやまがつも利鎌（とがま）たにぎり夷（えみし）きためれ

吉田松陰を憶ふ

世の中の事しおもへば君の身の過ぎにしことの悲しきろかも
執り佩ける太刀の光はもののふの常にみれどもいやめづらしも
かずかずの宝はたからならずして宝すなはち国の民草

千磐破《ちはやぶる》人の醜草《しこくさ》かかるかとおもへばわれの髪さかだちぬ
しらま弓ひきなかへしそ大君の辺《へ》にこそ死なめ大丈夫《ますらを》のとも
宮人も弓末《ゆずゑ》ふり起せ時ぞ今さくら挿頭《かざ》さむいとまあらめや

春夜与二諫早子制一賦ス

書窻一夜話非ズレ凡ニ。胸裡洒然無シレ所レ緘スル。狗吠エテ空園月光暗ク。花
飛ンデ春樹雨声銜ム。士人未レ覚メ烟霞ノ夢。風浪忽チ懸ク戎虜ノ帆。生死
酬ユレ君ニ吾ガ輩ノ志。趁キテレ難ニ何ゾ避ケン幾酸鹹。

偶作。歩二口羽杷山ノ韻ヲ一

男子酬ユルレ君ニ志。隻言モ不レ及バレ家ニ。微軀非ズレ所ニレ愛スル。緩急曝ス二平沙ニ一。
耳要スレ弁ゼント二邪正ヲ一。目当ニレ分ツ二真偽ヲ一。

又

読書破ル二万巻ヲ一。事業非ズ二容易ニ一。区区無クバ二一奇一。何ノ面カ対セン二天地ニ一。
篤士建ツ二鴻勲ヲ一。速成皆小器。

又

城雉連辺海。月明千重波。北風有時駭。人士夢如何。
弱冠無所為。豈不卑庸甚。

有感

青年何心徒飄然。鳩車竹馬送流年。秋林木脱貪梨棗。春野風和放紙鳶。十四不幸母就木。詩至蓼莪不忍読。十五家兄随父亡。医林継職杏花場。向人謾称医天下。胸臆不蓄療人方。維歳十八為何効。於君未忠親未孝。日月如馳志難償。百感懐旧夢一覚。黽勉一語記荀卿。積水成淵蛟龍生。

聞小万音祐役于相模有此寄

投筆斑起奮。艷牀馬援恥。妖氛賊未殲。豈敢問生死。

斬虎行

絶域失児肝胆熱。夜深砂磧天飛雪。食我児者虎印痕。一

声高吼山破裂。攫甲按剣虎張鬚。爪牙雖利奈尺鉄。人進
虎蹙人屠虎。風捲腥気雪和血。君不見慈爺愛子心何切。
単身不顧投虎穴。

送二十一回先生執拘于江戸

関左多魑魅。陰気転鬱塞。美人死如帰。含笑入不測。
博望志曾違。貫高謀復踣。荏苒六寒暑。幽囚苦荊棘。
漢季名士禍。黄河何惨惻。名士困益彰。万古金石勒。
函嶺須慨嘆。檻車三攀陟。蓮嶽横碧霄。玲瓏照顔色。

追懐古人詩十首 並引

庚申除夕。余客江戸。会炉冷燈青。耿々不寐。回顧甲寅以降事。時勢日蹙。戎狄益驕。而此間志士仁人。殉難死節。及罹患疾斃者亦不太尠。諸公之事。恍惚於心目夢寐之間。未嘗能忘也。歳云暮矣。万感攢聚。追懐不已。作短

古十首。

壮烈正気歌。　慷慨回天史。　苟読公遺篇。　頑懦且奮起。
名義明皇道。　扶植張綱紀。　定遠与嫖姚。　蹉跎困葛藟。
丹心貫白日。　如公忠孝士。　継紹先親志。　承順邦君美。
吾心洵欽慕。　夢寐有時視。　令公在戊午。　国事安至此。

東湖藤田先生。嘗作回天詩史。曰嫖姚定遠不可期。余之慕先生久矣。而先生歿時。余年甫十五。且山陽東海。山河懸隔。竟不得接謦咳。客歳十月朔。寐得見先生。

又

虜使太倨傲。　幕吏忍羞恥。　艱難誰挺身。　乾坤独烈士。
和竟無把握。　戦未必委靡。　廟堂莫之収。　撫戎允通市。
阿爺有遺言。　朝聞甘夕死。　距今七周星。　跳梁奈封豕。

山岡君八十郎。備後福山人。仕阿部伊勢守。為元締。甲寅歳。花旗使舶来金川。八十屢上言。賊可討。機不

可失。戦則有贏有輸。和則士気沮敗。為賊所制。豈遑
制賊哉。官以和議已決。不聴。竟凍死。八月某日也。
先是父某疾篤。乃作二幅書朝聞夕死語。授之。九十及其
弟次左衛門。八十着朝服。坐氈対其幅殁云。余向過福
山。紏之門田翁尭佐。為作小伝。

又

漢庭和匈奴。只須追張騫。吟詩向危岸。万里絶人煙。
一朝陥叢棘。疫癘竟不痊。於公無半面。先師亦澘焉。
悠々吾心痛。孤雁夜寂然。

甲寅三月。和議決。金子重輔奮曰。遷延至茲者。慮或
有事耳。今已無事。宜窃駕夷船。偵伺海外情形。於是
与先師松陰。倶至下田。事敗見捕。投郵街獄。九月送
国。復繫獄。重輔将入海。常朗誦唐詩曰。今夜不知何
処宿。平沙万一絶人煙。明年正月十一日。以病殁。葬

萩城保福寺《ニ》一。五年先師亦死《ス》レ節《ニ》。

又

不レ貽《サ》二辱《ヲ》天皇《ニ》一。賤身何《ゾ》足《ン》レ保《スルニ》。武野幾千岐。吾践《ム》二丈夫《ノ》道《ヲ》一。
双烈雖《モ》二志蹉《フト》一。智勇為《ス》二推倒《ヲ》一。哀《イ》哉斃《レ》二荊棘《ニ》一。蒼天太《ダ》蒼顥。
頽瀾竟《ニ》難《ク》レ回《シ》。洋氛不レ可《カラ》レ掃《フ》。

丁巳《ノ》冬。墨使登《ル》レ営《ニ》。水戸《ノ》信田仁十郎。蓮田藤蔵。与二堀江克之助一。謀《ル》レ要二撃《セント》之一。事露《レテ》繫《ガル》レ獄《ニ》。而《シテ》藤蔵。以《テ》二戊午正月五日《ヲ》一。病二死《ス》獄中《ニ》一。年二十三。仁十郎《モ》亦以二五月某日一斃《ル》二獄中《ニ》一。時《ニ》年三十六。有《リ》二国風一云。於保幾美乃。美遠計賀佐志止。志豆賀美遠。奈幾比登加受仁。伊礼天古曾遠礼。藤蔵《モ》亦云。武左志能乃。阿奈多古奈多仁。美知波阿礼土。和賀由久美知波。摩須羅遠乃美知。堀江《ハ》現《ニ》在《リ》二郵街《ノ》獄《ニ》一。嘗《テ》助《ケテ》レ人《ヲ》復《スト》二父《ノ》讎《ヲ》一云《フ》。

又

奉詔下東海。　要見天下新。　一朝白馬禍。　清流濁流淪。
奸吏要誣服。　論弁駭鬼神。　張歯与顔舌。　髪指而眼瞋。
公事雖敗矣。　千秋叙彝倫。　尤欽氷雪操。　賢辟不能臣。

戊午秋。日下部翁伊三次。与鵜飼幸吉。奉勅東下事敗逮捕。吏鞠問。翁慷慨弁駁天下得失。一坐悚動。十二月十七日病死。葬古河西福寺。初翁随父某在水戸。烈公愛其為人。欲禄之。不肯。烈公告之薩侯。侯於是召還之。

要港控上国。　豈容黠虜窺。　方夷船闌入。　妻病児叫飢。
大剣起応募。　国難安遅疑。　賊遁志乃躓。　詞賦鬼神悲。
嗟公囹圄斃。　頽厦孰能支。　雖則斃囹圄。　忠魂護皇基。

鄂夷闖入浪速。大和十津川民。将推雲浜梅田翁為首謀膺懲。翁起。時妻病児餓。翁賦詩曰。妻臥病牀児叫飢。挺身直欲当戎夷。今朝死別与生別。唯有皇天后土知。既而虜去。帰則妻既歿。戊午秋蒙幕疑檻車東下。
未幾以病死。

又

手欲掃妖熒。蹉跌乍謬策。一死何足言。正路居安宅。遺
吟何悲愴。読之血涙赤。吾曾過公墓。風雨鎖苔石。唯公
耿々者。千古照竹帛。

戊午秋。頼君三樹。死節。葬骨原会向院。其獄中作云。

排空手欲払妖熒。失脚墜来江戸城。井底痴蛙過憂慮。
天辺大月欠高明。身随鼎鑊家無信。夢度鯨濤剣有声。
風雨多年苔石面。誰題日本古狂生。

又

墨使来東海。公怒髪上指。天勅忽雷震。感激不自已。
従此廃寝食。要回倒瀾水。博浪誤一撃。貫高心自擬。
嗟公臨絶吟。悲憤徹骨髄。七生期滅賊。忠魂何嘗死。

大義百世師。　廿一回猛士

丁巳冬。墨使入府。言多詭譎。松陰吉田先生。聞之憤
且嘆曰。神国亡矣。明年三月。天勅許発。海内尽震。
於是。感激不已。将有所為。六月金川盟約。幕吏違勅。
既而間部下総守上京。先生謀要撃。事敗。己未十一月
廿七日。死節于江戸。墓在骨原会向院。先生臨終。作
国風云。美波多登閉。武佐志能乃辺仁。数津留登毛。
登登女於加摩志。矢摩登多摩志比。又曰。奈奈多毗毛。
伊幾加辺利津津。衣美須遠曾。波羅波牟古古呂。和礼
和須礼女矢。(補)壬戌之歳。高杉東行等。謀而改葬于青
山若林寺。

又

国恩主張拡。洋教極排防。至誠布人腹。蠢愚発天良。
涅衣敝不補。寸髪如鍼芒。土木其形骸。噫公為国狂。

蒼天一何遠。誰知我心傷。何啻七里地。犬羊太跳梁。

月性上人。号清狂。我周防人。以充拡国恩排撃匪教為己任。於是為之感激興起者不少。上人向聞下田開港。作詩曰。七里江山付犬羊。震余春色定荒涼。

又

東藩欠寅恭。孰知天子尊。公常憤且慨。筆誅順逆存。侃侃不毫仮。何忘喪其元。匡救非容易。大義戒後昆。公豈桑林客。丹心恋帝閽。余読黄菊詠。字字血涙痕。

黙霖上人。安芸長浜人。以気節自任。尊王抑覇。筆誅不仮。常自謂。弁駁幕府欠寅恭。而戒責後為幕府者。上人曾詠菊曰。遥対南山泣短籬。菊花感慨少人知。千秋郁郁天下号。則是淵明以上枝。(補)黙霖今猶存矣。蓋霖之死。当時其説嘖嘖。実甫亦誤聞之。故列此追懐中也。

鮫洲楼上。留別諸子

海駅秋光分外加。憑欄愛惜夕陽斜。島烟渺渺蛮船遠。辺草蕭蕭胡馬嘩。白眼何堪睨人世。赤心只擬報朝家。男児会合如萍跡。鮮肉満盤酒可賒。

過三条橋有感

仲縄尊皇室。中興心自期。跋渉脛毛絶。頽厦欲手支。此志雖蹉矣。児童名義知。吾来第三橋。低回引歩遅。秋峰方落木。寒水咽江湄。時物如鴨水。古人不可追。想公拝鳳闕。天風美髯吹。

九月廿三日　時寓伏見

螻蟻千言草未終。満胸悲憤与誰同。鏗然半夜起投筆。月在秋湾寒水中。

送杜太郎東去

太郎将去気如虓。草堂置酒憤且悲。豺狼横道鯨鰐海。壮士此時安遅疑。文士筆硯競葩藻。君擬斬将且搴旗。世人羸廃甃牀蓐。君言馬革裹我屍。君随黄鵠搏蒼溟。我同瘦馬困絆羈。時変成敗難予覩。聚首交膝豈復期。為君須撃漸離筑。為君唱出荊卿詩。夜闌別筵酒如氷。朔風捲雪浙浙吹。

辛酉臘月。土佐大石山本二子。来于萩府。将去作詩為贈

葛長旄丘心事違。包胥何意等間帰。送君郊外歳将暮。氷満髭鬢雪満衣。

無題

去年海内乱如麻。生死不期詎憶家。此夕蕭条無限恨。山堂春雨聴鳴蛙。

解腕痴言

蝮蛇一螫手壮士疾腕を解と漢人の言ひたりしは実に千古の確言とも謂べく掛る英断なくては其毒肢体に蔓延して永き久き齢を保たむ男も忽に斃るゝに至らむ豈口惜きことならずや然はあれどそは一身のことのみにあるべけれ天下国家の大患は同日の談にはあるまじく候文化中鄂虜蝦夷に寇し英夷長崎に闖入せし比より醜夷窺窬の念を逞うし薪水に托し鯨漁にことよせ忽去飈来吾辺陲を震驚し我土人を劫掠し竟に下田条約金川調印のことゝはなりぬ幕布の有司共穢き悪き心もて首を屈め尾を垂れ夷等の願ひ求むるまにまに媚び従ひ邪教堂を建て商館を築き美尼須篤児を府下に置き我土地を貸し我土人を役するを許すに至る実に今日の如き忌敷ことは天地の闢けし以来曾てなきことにあれ掛まくも畏こき天皇聡明英武にましまし十余年前より夷等のあらふるを憤らせ玉ひ青人草の苦むをうれたみ給ひて毎朝攘夷安民を祈らせ給ふ大御心の程如何なる賤の山葛だも感激悲憤せざるはなし近年伊勢石清水加茂への宣命に神威乎顕賜比底科戸

乃風天乃八重雲乎吹掃事乃如久災孽乎万里乃外爾攘比永久汙穢乎四海乃表爾滌賜比人民乎志底心志乎同布志忠誠乎尽志底国体乎損布古止無加良志米夷類征伐乃威徳乎顕賜比千歳乃今爾大御光乃耀輝万須古止明志故爾今慎底祖宗乃道乎道止志底深久叡慮志凝志神明乃冥助乎祈申賜波牟止念行須云々とあり、其他詔書幷に御製等まで攘夷の神算聖衷にましますことを数ならぬ我にもをしはかることに候片時も早く攘夷の詔書を下し天下の士気を激励し夷等を攘ひ玉ひきよめ玉ひ皇御国を浄め賜ひ洗ひ玉はんことのあらまほし秋毫も猶予の大御心あらむには神の御国は夷等のものとなり夷等の正朔を奉じ夷等に貢をとられ被髪左衽の見苦しき様とならむは必然に候今夷等を攘はすしてはならぬ六ケ条を試にいはむか外夷始めて渡来せしとき忠憤忠勇の士は皇国のあらむ限り決闘死戦夷等を一人も返さじと臂を奮ひ歯を噛けれども幕吏の穢き心もちたる奴等は戦ひを怯れ和を唱へて先武備を整ひてし後攘ふべしと竟に貿易を許すことにはなりぬされど癸丑の頃よりは已に十年の久しきを経ぬるに器械何程整ひたるか士気何程奮ひたるか昇天の陋習一日なきことなれば一日惰弱に成行優柔淫泆酒色に沈溺せりされば物前の覚悟物具の修繕に心付隙のあるべきことなし今日こそ雄断ならでは叶ふまじ此夷

狄速に攘ふべきの一にて候開港後絵踏の旧典を廃して礼拝堂を建学校を興すこと抔を
も許されたるは如何なる禍事ぞやこは夷等の黠策にして人の国を奪ひ人の民を籠絡す
る皆是術に過ぎず候天竺は釈迦の生れし国なれども霊鷲山の仏像は西夷の為に撃砕か
れ銭に鋳られたりき近年支那国大半邪教に披靡して周公抔の道は地を払ふ計りに成果
たり憐むべきことならずや近頃上海より帰りたる男より聞くに夷等の建たる病院にて
治療する医師は即ち教師にして病者の瀕死篤疾に乗じ彼妖教を懇切に勧諭する由所謂
全国為上又不戦而屈人之兵候と云ふも掛る黠策にやあらむ昔し波爾杜加児の妖教を渡
せしより島原の変まで宗徒の戮死せらるゝ者二十八万人と言ひ伝へたり妖教の国を害
する事かくの如し狡猾の策悪むべきの甚しきにあらずやさてかくの如く二十八万人を
殺して禍の根を絶ことなれはよかめれどもし海内人心尽く皆披靡したらむときはせん
すへもなきことにこそ譬へば蛇の噛付たらば其腕をも截るべけれど其毒の腹に入たら
むには腹を屠ことにもなるましきか如しされは優柔姑息速に伐謀の挙なからむには支
那天竺の轍を履むこと必然なるべしこれ夷狄速に攘ふべきの二にて候夷狄は哮噉呑噬
貪饕にして厭ことをしらす如何にも忌々しき者にこそあれ鄂虜は加模沙都加に砦柵を

構へ越篤魯府宇留都夫島に臨み（宇留津夫島は臘虎島ともいへり臘虎島より東北六十余島所謂蝦夷の千島なり古歌にも読る名所にて我版図に入たること明けし近頃臘虎島もて境界としたるは文化以来のことにて其実は鄂虜の盗みたることなり）近頃黒龍江を奪ひ我唐太及び東西蝦夷を蚕食せむとす又無人島は夷等に蟠踞せられしこと已に久し八丈三宅の如きも慮はかるへし況んや琉球は仏虜の久しく涎をたるゝ処なるをや（無人島は所謂小笠原島にて蝦夷の如き沍寒不毛の地にあらず夷人の蟠居せしこと玉石志林の開巻に詳なり又彼理の皇国に来りしとき両度是島に至りしこと彼が日本紀行に見ゆ）英仏の力を恣にして皇国に向ひ干戈を用ひざるは支那の長髪賊の勢威甚だ熾なる故なるべし万に一も長髪賊英仏に屈せば英仏の我に寇すること必然ならむ鄂虜は図南の志あり英仏は己が印度支那の領地に禍あらむを慮り鄂虜を沮圧せんとすそは夷等の我対馬に争ふ所以なり況や墨夷の如きは先年より開港を願ひ懇切らしく巧弁を用ゆるも全く漸々亜細亜洲に横行せむ基本を開かむとのことなるべし兎まれ角まれ夷等は残饕猾黠にして測るべからざる者なれば削亦反不削亦叛の勢ひありて久則禍大の患を免かれざれば雄断もて先則制之の術に出る外せんすべあるまし是夷狄速に攘ふべきの三にて候開港以来我日用の茶糸銅鉄石炭穀麦の額を輸出するによりて我国力の日々に疲弊することいか許りぞやされど文綺細穀染綵布珍異無用の品の市廛開港至る所に目を眩し魂を駭かすを見て国内繁盛なりと云ふは蛇毒もて肢体の腫

たるを己いと肥たりと誇るに異ならむいともいとも愚なることにて候且つ貿易の事件に手慣れぬ奸商共狡猾の夷等と洋金の価高く売買し物価益騰貴するに依て貧窮の者仰養術育の術尽産を失ひ家を毀ち溝壑に転塡するに至こと己が肢膚の肉を割て虎狼を養に均しく己が身斃れ己が肉尽るとも虎狼の欲饜たることは迚もあるまじく候我国力限りありて彼の要求きはまりなし有限をもて無窮に応ず亡ずして何をか待たん是夷狄速に払ふべき四にて候恢復攘夷の大御業立至らむ程の大機会はいともいとも得がたく失ひ易き物にあれ癸丑の歳にぞ天下の士剣を磨き槍を撚りて憤慨せぬはなかりけるが翌年の和議にて士気忽ち弛み又戊午の春勅諚稟然海内尽く奮興しけるが奸吏の虐焰いかにも盛にして天地否塞正気之れが為に沮圧せられたり今日こそ直毘神の御心にや穢き心もて禍事しける奴等は迹を潜め浮き明らけき心もて朝廷を助け奉らむ志ある大名等は上京せられ幕府にても一橋越前再出しける程の様に成り来りしは実に皇威恢復等を打きたして薙払ひ覬覦の念を絶たしめ玉はむにて候数年来海内の士積鬱して憤恨を抱きたること五人張の大弓に十五束の大箭を十分に引詰めたる如し今日に当りて引放たまむには勁敵を殪さんこと弦音の中にこそあれ如何計り智慧ありとも掛る勢に乗るに

及ぶまじければ此機会こそ千載の一時なれ此時を失ひ玉はば士気必ず頽墜せむ彼幽王の烽火に鑒み玉ふべし此夷狄速に攘ふべきの五にて候掛まくも畏こき天照大御神の万千秋に吾御子の知召さん国なることよさし玉はりし御世御世の天皇は皇御国を安国と平らげてしろし召してまつろはぬ国はことむけ玉ひあらふる夷は打亡ほし玉はりしに此大御世に当りて皇御国を夷等に汚され大御宝なる民艸も夷等に苦使せられ大御神の憤らせ玉はむ邪教を弘めさせ天地の闢けてし以来例もなき汚穢を受け耻辱を取らせ玉ふことは穢き悪き奴等の禍業にあれど口惜きとも痛ましきとも云ふに余りあれ青人艸の大八洲国には一人もあらむ上は掛る皇御国の大讐と並立の理はあるまじ兎まれ角まれ早く大御稜威を輝やかして皇御国を浄め玉ふべし是夷狄速に攘ふべき六にて候右六ケ条に陳る如く邪教の害日に長じ蚕食の黠謀ますます熟し我武備の整はん目途もなく我人民益困窮にたへず如何にも今日の時機誤まるべからず討賊の大義失ふべからざること明けしされど優柔不断日月を玩愒せば外夷の禍蔓延増長して貴き豊秋津国も彼が正朔を奉じ彼に貢を取られなむこと必然にあるべし其時に至りて攘夷を欲するとも及ばぬことにて譬ば蛇毒蔓延して肢体腐爛したらむに刀を引き腕を截るに均しからむか

片時も速に回天の宸断もて攘夷の詔書降し玉はば天下の志士毛髪竦然感激して襟を沾さざるものあらむや扨攘夷の詔下たらば幕府勅に違はむか大小名優柔不断なからむか万一も掛る詔書に違ひたらむものは猪猿にやあらむきため玉ひ罪なひ玉ひ天下向背人心の正邪判然分明なるべく候天下義勇の士は譬ば円石の如し円石は已に千仭の山にあり速に攘夷の詔書にて是を転はし玉へ其石の留むべからざる如く弾丸を冒し湯火をふみ一歩も退者はあるまじ豈勁敵を殲し元兇を殪すことの難からむや抑攘夷の詔書降らむ上は環海の国異変実に目睫に迫り殊に何時畿内に闖入せんも測るべからざれば非常の御処置なくては叶まじ今急務と考へ奉る処五ケ条にて候其一は知太政官事其二は記録所其三は親兵其四は武器兵糧其五は名を正し玉はむことにて候知太政官事は文武天皇の忍壁親王を左右大臣の上に置き玉はりしときに始まりたる名なり其親兵に而已任し給ひて別に官名をも立玉はざりしは深き宸衷もて権柄を人臣に委ね玉はぬ大御業にあればこそ聖武天皇の御始めまでは権柄下に移らずして逆なる穢き奴等の朝廷を覬覦せしことのかつてなかりき其後孝謙天皇の道鏡に於けるは如何にも禍津日神の禍業にもあるべけれど文徳天皇に至りて藤原良房に大権を委ねて太政大臣を賜はりし（太政大臣は大

友高市二皇子に始まれりされど前後例なきことにて人臣たらむもの、任ずべきものにあらず藤原不比等の辞せられたるはさもあるべし）此より祖宗の制一変せり再変して権柄の武門に移るに至ては大八洲国しろしめす天皇も正朔と爵位とのみ出し玉ひぬることになりて供御の地も提封限りあり小諸侯の如くにそまします程の世の有様いともいとも歎かはしき痛ましきことにありけれ後醍醐天皇は諸皇子を分ち辺陬を鎮せしめ征討のときは皇子もて将軍となし玉ひ又前代に違反し関白を廃し（太政大臣は令義解にも設官待徳故無其人則闕とあり後醍醐天皇の関白を廃し玉ふことも深き宸衷のましますことになむ）万機を総覧し玉ひ特に大塔宮には袈裟を脱ぎ甲冑を擐し兵に将たらしめ玉へりさればこそ掛る中興の大御業も成就せしことに候今剛断勇決大御稜威をかかやかし滔天の寇を残戮し玉はむとなれば如何にも権柄を朝廷に収めずては非常の大御業は難かるへし恐れ多くも大御兄に当らせられ衆人の感仰し奉る獅子王院の宮をば知太政官事なと云ふになし玉へは恢復攘夷の大御業を謀画賛補し玉ひて畏き聡明英武にまします天皇の大御業の成就して権柄の朝廷に復せむこと遠きにあらざらん乎されど護良親王すら讒にかからせ玉へりし程なれば讒口は金を鑠とも言ひて古今畏るへきものは巧言にこそあれ人主最も深く慮り玉ふへきことに候記録所は今の如き騒擾の際に当りて制度裁定し天地を経緯し紛を解き難を靖むる程の大御事を立玉はむには必らず必らず置せ玉はずては叶ふまじ後三条天皇後醍醐天皇の如き大御業にならはせ玉ひて（後醍醐天皇の楠正成名和長年等を記録所に参直せしめ武者所に新田氏の族を頭人となさせ玉へりしを考合すべし）記録所を置き親兵諸王諸臣等を参内せしめ恢復攘夷のことを始め諮り玉ひ詢ひ玉はは神算叡算の成就せぬことはあるまじく候（淳和天皇の御時召大学諸生紫宸殿講論経史著為例なとのことも史籍にみゆ往昔の簡易おもひみるべし）嵯峨天皇の蔵人を置き玉ひしより後御世御世の天皇万機を親ら決し玉はず伝宣の臣に委ね玉へりし流弊を一洗し給はずして権柄の朝廷に復することは難かるへしされど恐れ多くも後醍醐天皇の如きも後には記録所に数親臨ましまさずして内勅と外廷との指揮と毎々牴牾せしこともありしと聞けり三宅緝明中興鑑言を著し事使㆓之至㆒㆑不㆑可㆑為者。一由㆔人主不㆓自為㆒㆑之。而不㆑可㆑為之至。雖㆑欲㆑為㆑之。亦不㆑可㆑得也。と歎かれしこともいとも鑒み給ふへきことになむ親兵は今日の急務にして忽諸にすへきにあらず攘夷の詔書一度下らば夷等何時西海を撞き南海を掠め北陸に寇し東海を乱だすも測るべからず殊に畿内に突入したらんには皇京の防禦こそ誠に厳整ならでは叶ふまじされど海岸の諸藩は夫々の防禦もあり海岸に引離されたる諸藩も救援の手当なくてはならぬことにあれば辺陲より禦内の警衛に手の届き兼ぬることもあるべし如何にも速に親兵を置き玉はむこそ急務にて候往昔は大伴佐伯宿禰もて内兵となし玉へり（大伴佐伯は神代より殊に武事をもて仕へ奉る民なり海行婆美豆津久屍山行婆草牟須屍大君乃辺爾去曾死奈米顧波為不とあるも内兵のものとも言たりしこと見ゆその武きさま想ひ見るべし）文武天皇の御時大舎人の数いと多けれどもいつとなく外さまになりて親しからざる故に別に武く勇ましき人をえりて内舎人と云ふものを置きて近く守り奉る者とせられたり（職員令内舎人九十人掌帯刀宿衛供奉雑使若干駕行分衛前後とあり中昔迄も武勇ある人をえりてなされたりこは良家の子弟の補せられしことなれとも掛る非常の時なればさ迄門閥も論ぜられぬことにこそあらむ）又御世御世の天皇六衛府をもて朝廷を百千重に禦衛せしめ玉へり（軍防令に衛士者即令於当府教習弓馬用刀弄槍及発弩抛石至午時各放還とあり又兵衛者国司簡郡司子弟強幹便於弓馬者郡別一人貢之とあり又内六位以下八位以上云々見無役仕者毎年京国官司勘合知実責状簡試分為三等云々身材強幹便於弓馬為中等云々中等選議兵部練為兵衛ともありかんがへ合はすべきことにあれ）天武天皇十二年（甲申）令親王及諸臣官無㆓文武㆒務習㆓軍事㆒具㆓兵馬器械㆒云々（文武を分たす軍事を習はし玉へりしこと後世文武二途になりて国勢偏枯の忠あらむことを神はかり玉へりしことと覚ゆ）桓武天皇延暦十五年詔挙諸国武技出衆者などの類国史に絶ずみゆることなれば如何にも速に天下に勅令を降し明けき直き浄き心をもて朝廷を守り奉つるべき男を貢しめて親兵を置き玉ふこそ急務なれ今日の如く六衛府の禁衛もなく親兵をもをき玉はずては異艦浪華港に闖入して神京妖壒の為めに汚されなむことも測かるべからすと恐れ多くも考へ奉り候兵仗器械は親兵を置き玉ひ夷等を防ぎ玉はむには必用の品にこそあれ元明天皇の御時にも詔六道諸国毎年貢造器仗不牢固巡察使

出日審為校助ともみゆ速に諸国に勅し刀槍弓弩礮銃弾薬の類を貢献せしむべし又穀麦糗糒などに乏しく兵士飢餓に困しみては戦闘もなすべきやうなければ是亦諸国に勅して輸漕せしめ給はずては叶ふまじ殊に舟艦は海国の最急の物にて神代よりも高橋浮橋及び天の鳥船抔云ふこともみへ又素盞男尊は吾児のしらする国に浮宝あらずばよからじと宣て杉樟を植て浮宝の材となし玉へりしことなどもて其必用の物たるをしるべし今夷等を畿甸の海岸に防がむには紀伊淡路の際最要衝の海門にして此海門を扼せむには軍艦必ず欠くべからざるものなり是亦大藩雄国に勅し製造して貢せしめ兵庫浪花堺等に列ね置き玉ふべし兵糧あり舟艦あり何ぞ夷等の闖入を憂んやさて名を正すことは制度を裁定し天地を経綸し玉はむ基本にあるべければ第一に英断ましまし君臣の分内外の弁は勿論文武百官の名の由りて起る所を正し玉ふこそ肝要なれ太政大臣は今に師範一人儀刑四海とあり左大臣は統理衆務挙持綱目とあり兵部は兵事を掌り刑部は刑獄を掌り弾正台は内外の非違を弾奏するを掌る抔の如し近衛々門兵衛抔も各其実の果して其名に称ひたるか武事を解せぬ人の左近衛大将の左衛門督の左兵衛抔言ひて傲然其官爵を受て自ら怪もせぬことに成り来りしはいともいとも朝廷の往古と変り衰へまし

ますことの歎かはしけれされど一朝一夕のことにもあらず八省六衛抔の官府も今は昔物語となりたる程のことなれば速に万機一新も難きことなるべけれど名は実の賓なれば漸々此文武百官より初め其名を正し其職に称ふ程に明決剛断ましまさば往古の盛なるを今日にみることを得べし孔子も名を正さむと言ひたりしこと鑒み玉ふべきことゝこそあれ抑前に陳るが如く六条の時情を叡覧して速に宸断ましまし玉ひ後の急務五条をもて夷狄の変に応ずる神算の一端ともなし玉ひ今日の機会を千歳の一時と十余年前の宸怒を発し玉ひて攘夷の詔書を幕府に下し且天下に伝達し玉はば海内の士気忽ちに激励して大樹公も先将軍の罪を償はむと奮発し一橋越前も勅命をもて再出させ玉へりし程の御依頼に答へ奉らむと遵奉せぬことはあるまじく候万々一も優柔不断撻伐の挙をなすことならぬことにあれば此時こそ勿体なくも御親征の外は回天の御良策これある間敷錦旗一動は義勇の徒忠憤の士立どころに馳せ参らむは必然にして猾賊を勦し黠虜を殲さむこと疑ふべからず候さて世の儒者等の用を節し歛を薄ふし国本を培養し武備を厳整にせずては迚も夷狄撻伐思ひもよらぬ抔いへるは一と通り着実らしく聞ゆれども画餅たるを免かれぬ迂論と謂ふべし夷狄渡来以後号令出る毎に質素倹約海防の手

当抔と申すこと早聞にも厭ふ程なれど倹約の目途何程立たるか手当の実験何程顕れたるか彼説は古者戦国の時にあればさもあるべけれど今日優柔文弱の時にては夷狄を打払ひ打きためる程の大挙ありてこそ士気も盛に武備も整ひ国本も堅くなるべし攘夷もせずして富強を説くは譬へば蛇に嚙み付かれながら其毒をそれなりにして薬石を用ひ粱肉を食ふが如し如何なる薬石を用ひ如何なる粱肉を食ひたらむも忽に斃るべし其嚙み付られたる腕を打截りてこそ身体如何様にも壮健になるべけれ空論虚談日月を玩愒して夷等に首を屈め尾を低れ夷等の願ひ求むるまにまに従ひぬるときには天照大御神の吾御子のしろしめさむとことよさし玉へりし皇御国も夷等の者となるべしされば何れのときにして恢復の大御業成就すべきか優柔不断の和議は畢竟把握すべきことなし戦則明御神の大稜威の宇内にかゝやかむこと疑ひなかるべし我事強暴難使強暴事我易とか荀卿の言しは如何にも的説にこそあれ今日の如きは実に千載の一時なれば秋毫も猶予し給ふべきに非らず夷狄の患の浸潤蔓延せぬ以前に打攘ひ打きため玉ふべし肢体腐爛したらむに腕を解は既に益なきことなり疾く腕を解こそ壮士と謂ふべし速に大御稜威をかゞやかし玉はゞ真に武勇なる大八州国と言ふべければ古人云断而行之鬼神避

之と如何にも夷等のあらふるとも憂ふべきにあらずまして蝮蛇の畏るゝに足らめや穴

賢

武市瑞山（一八二九〜一八六五）

土佐の人、諱は小楯、通称半平太。慶応元年獄にて自刃す。年三十七

文久三年獄中にありて大晦日に

二たびと返らぬ年をはかなくも今は惜しまぬ身となりにけり

元治元年元日に

とし月はあらたまれども世の中は改まらぬぞかなしかりける

獄中より家におくる

思ふこと晴るるしるしか富士の根にかかる雲なき夢を見しとは

題しらず

ひるさへもを暗き窓のひまよりも月はまことを照してぞゆく

世を思ふ心のたらでかかる身はひまもる月のかげもはづかし

神ならで誰かは知らむ目にみえぬこころの底の清きひかりを

月夜よし夜よしと聞けばまどゐせし都のむかし思ひ出でつつ

偶成

降るからに消えゆくあとの清げなる何にたとへむ春のあわ雪

辞世

神あがりあがりましぬる大君の御あと遥かにをろがみまつる
うつし世を神さりましし大君の御あと慕ひて我れは行くなり

端午

宿雨新晴幽獄平。微風細細破窓鳴。吁歎今日菖蒲酒。憶起楚臣清潔情。

同

得罪以来幾十旬。光陰如夢値佳辰。囚中無酒空汎涙。只誦離騒哭楚臣。

衛人贈吾石榴時天瞑

漏声誘睡欠伸頻
獄裏陰陰与夜匀
時有故人紅榴贈
漸開鬱屈喜精神

月漏獄中

夜深人静一燈閑
独臥筵箇涙自潸
尚有丹宵歎喟促
織織落月入窓間

衛人憐吾

衛獄吏人知我不
頻携肴酒慨千憂
看身却懼驕奢甚
全若泛舟湖上遊

夕陽

遠寺鐘声和晩風
午眠方足一身窮
偶凭窓角回頭望
数点乱鴉斜照中

同

三方有壁小窓西
端窄陰陰鼠与棲
暮色全不殊暁色
申時漸漸日昇斉

衛獄老人一枝梅子。携来憫吾。欣然綴一詩以報

梅子携来憂憫時。怡然鬱散発笑眉。縦雖奴僕辺陋甏。何
必老兄忘恵慈。

寄同獄檜垣氏

骨肉交情図国酬。空罹窮厄共深憂。囚中万一思成志。為
問阿兄無策不。

同

京国状形飛報来。応知義党殪奸魁。噫呼天上如何我。徒
使半生増慟哀。

午夢覚得一絶

更排雲霧上高堂。忽護柏旗魁洛陽。空是衰躬孤枕夢。覚
迎残照割愁腸。

初聞蟬

炎威赫赫日流金。獄裏蒸炊又那禁。時羨新蟬尤肆意。窓

前ノ緑樹ニ吸ウテ風ヲ吟ズルヲ。

偶成

炎牖偶然思フ旧遊ヲ。扁舟閑ニ泛ブ吸江ノ頭。皚皚タル涼月五台嶺。払払タル清風白鷺州。鼓シテ腹ヲ放吟聊カ忘レ夏ヲ。曲ゲ肱ヲ斟ミテ酒ヲ頓ニ疑フ秋カト。人間ノ起伏都テ如シ夢ノ。可シ笑フ而今苦ムヲ暗囚ニ。

偶成

午熱依然愕カス夢魂ヲ。沈沈タル夜色四ニ無シ言。後来空シク憶フ国家ノ事。独対シテ孤燈ニ拭フ涙痕ヲ。

又

三十七年幽夢ノ中。摧キ身ヲ竭シテ力ヲ一モ無シ功。平生所育スル為ス何事ヲ。空シク落チテ孤囚ニ就ク不忠ニ。

又

偶爾感ジ来ル千古ノ思。颶風吹キ起リテ乱ル綱維ヲ。黒雲畳畳蔽ヒ東海ヲ。白日微微沈ム北陲ニ。重画擅ニシテ奸ヲ終ニ蔓盛シ。菊水明ニシテ節ヲ既ニ傾衰ス。男児舎死無全道。君子確言何復疑。

伊東某曾有酒色失。贈幽因

花依清香愛。人以仁義栄。欲雪一寸恥。真止美人評。

偶成

罪人起伏更無期。暗獄心膓誰有知。今至国家如累卵。徒
凭窓下撚愁髭。

又

万物順時各有為。綱常既乱力難支。方今可怪志高士。未
聴殺身扶卵危。

宿雨蕭然

宿雨如糸十日霖。囚中寂寞動郷心。窓前檀樹森森暗。料
得家庭緑草深。

夜雨聞杜鵑

夜色沈沈雨脚軽。凄然催涙夢難成。杜鵑窓外陳何事。亦

使囚人増慨情。

夢覚而賦一律

戎夷圧海事方急。駑馬加鞭馳趣艱。巨礮轟轟如裂地。鯨
濤響響似崩山。因循君子乍飛魄。切迫頑生稍怡顔。一臂
揮鎗憤驚夢。孤燈点点雨潸潸。

獄裏愛蛍

践義義僵人所尊。薫膏誹謗足何論。噫無汝亦熒光徳。豈
必此罹幽獄煩。

偶成

夜横敝襖友嚢蛍。昼座幽窓嬉聖経。思得天祥安楽国。捨
生取義姓名停。

又

忘量身力念酬恩。不遠嫌疑吐直言。忽落暗囚心却潔。聊
無軽薄塵埃煩。

与伊東氏在同獄。及別寄言

黠獄同閲語昨非。　丈夫離別可何歎。　阿兄知否利家業。　蹂躙九根数万囲。

隣獄志士。贈吾橘。不堪賞歓。欣然賦以謝之

骨肉交情契合堅。　耐歓今日得君憐。　擬香吾亦此黄橘。　名勢芬芬万代伝。

野村望東尼（一八〇六〜一八六七）

福岡の人。維新回天の大業に尽し慶応三年周防に病歿す。年六十二

異国船はや長崎を出でぬと聞きて

神風のおひて吹けばか異国のふねはことなくみなといでけむ

異国船あまたたび来るよしにて戦もやありなむとてここかしこ調練てふことすなるを見て

夢にだにいくさだてする武夫をみべき御代とは思はざりしを

あぢきなや貝が音つづみ石火矢にこたへのみする花のやま彦

安政の大地震の頃

たひらけき道うしなへる世の中をゆりあらためむ天地のわざ

世の中みだりがはしうなりもてゆく頃

秋の野の月にむかへば移りゆく世のありさまは露ばかりなし

五くさの異国船ここかしこの浦々に来て世の中騒しげなる頃雨風いたく荒ければ

おそひ来む異国船をよせじとて天のかんかぜ立ちさわぐらし

水戸十七士、大老を御代の為にうちしより世の中俄に騒しくなりくる頃

さばかりはいかでと思ふ世の中の驚くばかりかはり来にけり

針

さき立てる針にひかれて墨縄のまがればまがる糸の身ぞうき

このみ

数ならぬこのみは苔にうもれても大和ごころの種はくたさじ

寄糸述懐

くれなゐの大和錦もいろいろの糸まじへてぞあやは織りける

武夫たちに小笹を折りて端にかきつく

世に立たぬ杣の小笹は弱けれど矢竹ごころはありとだに見よ

去歳の秋より山口に隠れおはしましやごとなき御五方を
この筑紫に迎へさせ給ひなむとてまづ赤間の駅まで入らせ
給へるよしを聞き奉りて

西の海にかたむく春の月影やひがしにめぐるはじめなるらむ

雲のうへはくもるともなき月かげの霞ふきとけ春のやまかぜ

筑紫潟かすみもり来る月かげに磯菜もつゆのたまやむすばむ

やがて宰府の大鳥居に入れ奉らせ給ひければ

大野なる三笠の山の緋ざくらもこぞめに咲かむ春はこのはる

同じ頃よみて奉りける

埋れつる山の朽木もまろび出でてこのめ春めく年にあひにけり

あることの序に

花の木にかはらまほしき埋木はたきぎにだにも樵る人のなき

六十の賀をうからやからしてものしけるよし聞召して宰府
にましますの御方々より御歌賜はりける中に三条実美
卿の御歌に「すべぐにの正しき道をふむ人は千とせの阪も
やすくこゆらむ」とのたまひ下し給ひたるを畏みて

まどひつつ老の阪路をのぼり来てただしき道となるぞ嬉しき

夏述懐

なかなかに正しき人ぞ夏虫の火にいるうき目みる世なりける

京の御守衛にゆく人に

君にしもおくれましやは梓弓とるかずに入る我が身なりせば

ある時

国々の寺の鐘さへいかへつつおほいし火矢となる世なりけり

久方のてる日のもとのうき雲を吹きはらひませ伊勢の神かぜ

異国舟

世の中のいぶせき煙沖べより吹きたててくる火くるまのふね

御幸

賀茂八幡ことしの御幸はじめにて花ももみぢも年に待たなむ

元治の始の年の春牢にこもれる人を思ひて

春されど籠にこめらるる鶯はしのび音いかにむせぶなるらむ

異国の船のよせ来る夢を見て

なかなかに花は見えずて春の夜の夢にもかかることくにの船

ある時に

ひとかたの水口あけてながるめり葵ふたぎし池のうきくさ

無き罪に陥りたりし人々免されし頃

つくし潟うもれし玉のかつがつに出づるぞ国の光りなりける

都の方いと畏きことども聞えける頃

浦安のうら安からぬ御代ながらこれや治まるはじめなるらむ

長門の国の君なき罪に陥らせける頃臣たちの悲ぶを聞きて序にきこえける

暗きよに今はあふ野の松原もあすはの原と明けずやあるべき

寄年述懐

来む年はこむとしはとて幾とせか夢に夢みるこの世なるらむ

世にさすらひけること有りて家にこもりたる頃七月廿五日

に天満宮に捧ぐとて二十五詠をものしたりし中に瓶花を

かめにさす千草の花の一たばをおのがことしの秋とみるかな

湊川神社に額づきて

かしこしとぬかづくうちも吾が袖の湊かは水せきぞかねける

ある時

誰が身にもありとは知らで惑ふめり神のかたみの倭だましひ

月照といふ人の薩摩に下るに

たびごろも夜さむをいとへ国のため草のまくらの露を払ひて

平野国臣ぬしの暁方に出立つ時に

惜しからぬ命ながかれさくら花くもゐに咲かむ春を見るべく

国臣ぬしのとらはれしを歎きて囚屋に送りける

たぐひなき声に鳴くなる鶯も籠にすむうき目みる世なりけり

皇国を憂ふる志深き益良雄と共にいたき罪を蒙るべきよし司の人のいひければ

浮雲のかかるもよしやもののふの大和ごころの数に入りなば

朝顔

あさ貌の花よりさきと思ふ身の来むとし咲かむ種をとりつつ

召使ひたる男童の捕はれたれば

若竹の枝もよわきにくずかづらかかるは何のうらみなるらむ

神仏を拝み奉るとて

我が為をいのるにはあらず神ほとけ御代のみ為の人の為なり

九日の節会

我がよとはつゆ思はねど菊の花ここのへに咲く大御代もがな

ある夜

囚だにのがれ出でなばをかしとも見つつ過さむ島のつきかげ

姫島の囚にて月毎に一日百詠をものしたる中に

えみしらが心かくとも動きなき秋津島根のかたぶかましや

秋の夜のはれたる空の月みてもこころにかかる雲のうへかな

捕はれゐける頃同じ志の人々の空しく失せにし供養に血汐
もて般若心経をかきける奥に

後れ居て書くも詮なし法の文よみがへり来むってならなくに

浦安のみやこと江戸のくらべ馬むさし鐙を踏みたがへ来て
たましひも老の骨身も砕くまで甲斐なきことを思ひ立ちけり
もののふの大和ごころを縒（よ）りあはせすゑ一すぢの大縄にせよ
ひとたびは野分の風のはらはずば清くはならじ秋のおほ空
もののふの重荷の罪を身ひとつに負ひて軽くもなるいのちかな
霜あらし月にたぐひて流れゆく身を刺すばかり冴ゆる夜半かな
住みそむる囚屋（ひとや）のまくらうちつけにさけぶばかりの浪の声かな
松柱こごしきひまをもり来ても影やはらかき春の夜の月
鶯をまこと撃ちしや情なやあな人げなやさも心なや
暗き夜はなほ暗けれどにはとりの鳴けば心ぞまづ明けにける

坂本龍馬（一八三五〜一八六七）

土藩士、名は直柔。皇政復古に奔走中、慶応三年難に遇ふ。年三十三

題しらず

世の人は我をなにとも言はばいへ我がなす事は我のみぞ知る

大政返上の議決したる時

心からのどけくもあるか野辺はなほ雪気ながらの春風ぞ吹く

桂小五郎におくる

行く春も心やすげに見ゆるかな花なき里のゆふぐれのそら

春くれば五月まつまのほととぎす初音をしのべ深山辺のさと

藤の花いまをさかりと咲きつれど船いそがれて見返りもせず

みじか夜を飽かずも啼きてあかしつる心かたるな山ほととぎす

あらし山ゆふべ淋しく鳴る鐘にこぼれそめてし木々のもみぢば

湊川に詣でて

月と日のむかしを忍ぶみなと川ながれてきよき菊のしたみづ

明石の浦に逍遥して

うきことをひとりあかしの旅衣いそうつ浪もあはれとや聞く

題しらず

人ごころ今日やきのふと変る世にひとりなげきのます鏡かな

文ひらくこころもの袖はぬれにけり海よりふかき君がまごころ

世の中の事をよめる

さてもよにつゝもあるか大井川くだすいかだのはやきとしつき

恋

きゑやらぬ思ひのさらにうぢ川の川瀬にすだく蛍のみかは

○

ゑにしらが艦寄するとも何かあらむ大和島根の動くべきかは

伏見より江戸へ旅立つとき

又あふと思ふ心をしるべにて道なき世にも出づる旅かな

嵐山にて

嵐山ゆふべさびしく鳴る鐘にこぼれそめてし木々の紅葉

○

玉月山松の葉もりの春の月秋はあはれとなど思ひけむ

○

さよふけて月をもめでし賤の男の庭の小萩の露を知りけり

書簡　十通

坂本乙女宛（文久三年三月二十日）

さてもさても、人間の一生はがてんの行かぬは元よりの事、うんのわるいものは風呂より出でんとしてきんたまをつめわりて死ぬるものもあり。それとくらべては私などは運がつよく、なにほど死ぬる場へ出ても死なれず、自分で死のふと思ふても、又生きねばならん事になり、今にては日本第一の人物勝麟太郎殿といふ人の弟子になり日々兼ねて思ひつく所を精と致し居り候。

それ故私四十歳になるころまでは家に帰らんよふに致すつもりにてあにさんにも相談致し候ところ、この頃は大きに御機嫌よろしくなり、そのお許しが出で申し候。国のため天下のため力を尽し居り申し候。どうぞおんよろこび願ひ上げ、かしこ

三月二十日　龍

乙　様

御つきあひの人にも極く御心安き人には内々御見せ、かしこ

坂本乙女宛（文久三年六月二十九日）

（前略）

私事もこのせつはよほどめを出し、一大藩によくよく心中を見込みてたのみにせられ、

いま何事かでき候へば、二、三百人ばかりは私し預り候へば、人数気ままにつかひ申候よふ相成り、金子などは少し入用なれば十、二十両の事は誠に心やすくでき申し候。然るに誠になげくべき事は、ながと（長門）の国に軍はじまり、後月より六度の戦に日本甚だ利すくなく、あきれはてたる事はその長州でたたかいたる船を江戸でしふく（修復）いたし、又長州でたたかい申し候。これみな姦吏の夷人と内通いたし候ものにて候。右の姦吏などはよほど勢もこれあり大勢にて候へども、龍馬二、三家の大名とやくそくをかたくし、同志をつのり、朝廷より先づ神州をたもつの大本をたて、それより江戸の同志（はたもと大名其余段々）と心を合はせ、右申す所の姦吏を一事に軍いたし打ち殺し、日本をいま一度せんたく（洗濯）いたし申し候事にいたすべくとの神願にて候。この思ひつきを大藩にもすこむ（頗）る同意して、使者を内々下さるること両度、然に龍馬すこしも仕へをもとめず、実に天下に人物のなきこと、これを以て知るべく、なげくべし。

（中略）

私を決してながくあるものとはおぼしめしはやくたいにて候。然るに人並みのやうに中々めつたに死なふぞ。私が死ぬ日は天下大変にて、生きておりても役に立たず、おろんとも立たぬやうにならねば、中々こすいいやなやつで死にはせぬ。然に土佐の芋ほりともなんどもいわれぬいそふろふ（食客）に生まれて、一人の力で天下うごかすべきは、これまた天よりする事なり。かう申しても、けしてけしてつけあがりはせず。ますますすみかふて泥のなかのすずめがいのやうに常に土を鼻のさきにつけ、砂を頭へかぶりをり申し候。御安心なされかし。穴かしこや。（後略）

木戸孝允宛（慶応二年二月六日）

此度の使者村新（村田新八）同行にて参上仕るべきなれども、実に心に任せざる儀これあり、故は去月二十三日夜伏見に一宿仕り候所、計らずも幕府より人数さし立て、龍を打取るとて夜八つ時頃二十人ばかり寝所に押込み、皆手ごとに槍とり持ち上意々々と申し候に付、少々論弁も致し候へども、早くも殺し候勢相見え候故、是非なくかの高杉より送られ候ピストルをもつて打払い、一人を打ちたふし候。いづれも近間（ちかま）に候へばさらにあと射仕らず候へども、玉目少なく候へば手を負ひながら引取り候者四人御座候。此時初め三発致し候時、ピストルを持ちし手を切られ候へども浅手にて候。そのひまに隣家の家をたたき破り、うしろの町に出で候て薩の伏見屋敷に引取り申し候。只今はその手きず養生中にて参上とどのはず、何卒御仁免願ひ奉り候。いづれ近々拝顔万謝し奉り候。謹言々々

二月六夕　　龍

木圭先生　机下

三吉慎蔵宛（慶応二年八月十六日）

其後は益々御勇壮に恐賀し奉り候。然に去る七月二十七日及び八月朔日小倉合戦、終に落城と承り候。さて御内談承り候事の如く、御妙策行はれ候事と存じ奉り候。はたして其時（そのとき）恐れ候幕海軍が道を取切り候事はこれなく（是れもとても道は取切りはすまいが、先づ用心なさるべくなど承り候こと也）其事を承り候ては早々下の関へ出かけ候も、もう敵がなければ何とか力らなく存じ奉り候。将軍もいよいよ死去仕り、後は一橋また紀州が後と目に望み候へども、一向一定の論なく候よし。何れにしても幕中大破に相成り候よし。

又かねて高名なる幕府人物勝安房守(もと麟太郎こと)もまた京に出で、是非長州征伐は止めにすべき論致し、会津あたりと大論日々候よしなれども、なんとも片付き申さず。幕は此頃英国のたすけを受け候事は毛頭出来申さざる事に相成り候。これは小松帯刀が見つもりのよし。かねて仏蘭西のミニストルは幕府の周旋ばかり致せしなれども、此頃薩より日本の情実を仏蘭西の方へ申し遣はし、かの仏国に薩生両人周旋仕り候について、江戸に来たれる仏のミニストルは近日国に帰り候よし(是れは西郷の話しなり)此頃薩は兵動かしながら戦を未だせざるは大いに故あり。先々難ずべからず。幕のたふれ候は近きにあるべくと存じ奉り候。

溝淵広之丞宛(慶応二年十一月)

先日御聴に入れ候小弟志願ほぼ相認め候間、御覧に入れ候。小弟二男に生まれ成長に及ぶまで家兄に従ふ。上国に遊びし頃深く君恩の辱きを拝し、海軍に志あるを以て官に請い、爾来殴心刻骨、その術を事実に試みんとす。ただいかんせん、才疎そかに識浅く、しかのみならず窮困資材に乏しき故に成功速かならず。然るにほぼ海軍の起歩をなす。是れ老兄の知る所なり。数年間東西に奔走し、屢々故人に遇ふて路人の如くす。人誰れか父母の国を思はざらんや。然るに忍んでこれを顧みざるは情の為めに道にもとり、宿志の蹉跌を恐るるなり。志願果たして成らずば、後ち何の為めにか君顔を拝せん。是れ小弟長く浪遊して仕禄を求めず、半生の労苦辞せざる所、老兄は小弟を愛すとの故に大略を述ぶ。御察し下されたく候。頓首

十一月　　坂本龍馬

お龍宛（慶応三年五月二十八日）

其後は定めて御きづかひ察し入り候。しかれば先ごろうちたびたび紀州の奉行、又船将などに引合ひいたし候所、なにぶん女のいひぬけのやうなことにて、度々論じ候所、此頃は病気なりとてあはぬやうになりてをり候へども、後藤庄次郎と両人にて紀州の奉行へ出かけ十分にやりつけ候より段々議論が始まり、昨夜今井（純正、長岡謙吉）中島（作太郎、信行）小田小太郎（吉井源馬）などまゐり、やかましくやりつけ候て、夜九つすぎにかへり申し候。

昨日の朝は私が紀州の船将に出会ひ十分論じ、また後藤庄次郎が紀州の奉行に行きやかましくやりつけしにより、もうもう紀州も今朝はたまらんことになり候ものと相見へ、薩州へ頼みに行きて、どうでもしてことはりをしてくれよとのことのよし。薩州よりはかのイロハ丸の船代、又その荷物の代を払ひ候へば許して御つかはしなされたくと申し候間、私よりそれはそれでよろしけれども、土佐の士を鞆の港にすておきて長崎へ出で候ことはなかなかすみ申さず、このことは紀州より主人土佐守へ御あいさつつかはされたしなど申しており候。このことはまた内（国内の意か）でわれてひとゆくさ（一戦）致し候ても後藤庄次郎ともにやり、つまりは土佐の軍艦をもつてやりつけ候間、けつしてけつして御安心なされたく候、先づは早々、かしく

五月二十八日夕　　　龍

鞆　殿

猶、先頃土佐蒸気船夕顔といふ船が大阪より参り候て、そのついでに御隠居様（ようどうさま、土佐御隠居）より、後藤庄次郎こと早々上京致し候やうとのこと、私しにも上京してくれよと庄次郎申しをり候ゆゑ、この紀州の船の論がかたづき候へば、私しも上京仕り候。

この度の上京は誠にたのしみにて候。しかし右やうのことゆゑ下の関へよることができぬかも知れず候。京には三十日もをり候時は、すぐ長崎へ庄次郎もともにかへり候間、其時はかならずかならず関に鳥渡なりともかへり申し候。御待ちなされたく候。をかしきはなしあり。お竹に御申し。直次事はこの頃黒沢直次郎と申しをり候。今日紀州船将高柳楠之助方へ私より手紙をやり候所。とりつぎが申すには、高柳はきのふよりるすなれば夕方参るべしとのことなりしより、そこで直次郎が大きに腹を立ていふやう、この直次郎昨夜九つ時此所にまいりしに、そのとき高柳先生はおいでなされ候。それをきのふよりるすとは、この直次郎ききすてならずと申しければ、とうとう紀州の奉行が私しまで手紙をおこして、直次郎にはことはりいたし候よし。をかしきことに候。かしこかしこ

此時、小曽根清三郎が曽根拙蔵と名をかへて参り候。定めて九三(伊藤)のうちに泊まり候はんなれども、まづまづ知らぬ人となされ候やう九三にも、一家内にも、お竹にも知らぬ人としておくがよろしく候。後藤庄次郎がさしたて候。かしこかしこ

三吉慎蔵宛（慶応三年八月十四日）

今月朔日、兵庫出帆、同二日土佐に帰り、一昨夜土佐出帆、今日馬関に来る、扨京師の時勢は、大様の処は、御聞取も可有之候得共、一通申上候、薩此頃（大凡吉之助等）決心、幕と一戦相心得候得共、土佐後藤庄次郎が、今一度上京をまち居申候、先頃私後藤庄次郎上京して、西郷、小松と大に約し候事有之候故なり、（後藤庄次郎は今月十七日出京）私事は是より長崎へ出て、蒸汽船を求めて（使者又は飛脚船に用ひ候為め小なる蒸汽船なり）早々上京と相心得申候、思ふに一朝幕と戦争致し候時は御本藩、御藩、薩州、土佐の軍艦をあつめ、一組と致し海上の戦仕候はずば、幕府とはとても対戦は出来申間敷、御うち合も仕度候得共、何れ長崎よりに致し可申候、近日京師の戦に出候人々は、少々御出し被成、地利など御見合可然と奉存候、

私の船は夕方のしほに下り可申、何れ近日、先は草々謹言

十四日　坂本龍馬

三吉慎蔵先生

左右

佐々木高行宛（慶応三年八月下旬）

先、西郷、大久保越中の事、戦争中にもかたほにか丶り一向忘れ不レ申、若しや戦死をとげ候とも、上許両人の自手にて唯一度の香花をたむけくれ候得ば、必ず成仏致し候こと既に決論の処なり。然るに唯今にも引取り可レ申とて糞をくらへと鎮台に攻かけ居り候。何とぞ今少しく\と待つてたべと申来り候間、例の座敷をことはり候て、皆はねかえり足を空にして昼寝をし居申候。何は兎もあれ他人は他人にして置き、西郷、越中守殿の方へは、必ずや御使者御頼み申上候。是が来らぬと聞けば、小弟に限りなげき死に可レ申候。其心中返すぐ\も深く御察し可レ被レ遣候。かしこ。

龍

佐々木将軍　陣下

後藤象二郎宛（慶応三年十月十日頃）

去ル頃御健言書ニ国躰を一定し政度ヲ一新シ云々の御論被レ行候時ハ、先ヅ将軍職云云の御論は兼而も承り候。此余幕中の人情に不レ被レ行もの一ケ条在レ之候。其儀は江戸の銀座を京師ニうつし候事なり。此一ケ条さへ被レ行候得バ、かへりて将軍職は其ま、にても、名ありて実なけれバ恐る、にたらずと奉レ存候。此所に能々(よくよく)眼を御そ、ぎ被レ成、不レ行と御見とめ被レ成候時は、義論(ママ)中ニ於て何か証とすべき事を御認被レ成、けして破談とはならざるうち御国より兵をめし御自身は早ゝ御引取 老侯(容堂)様に御報じ可レ然奉レ存候。破談とならざる内ニ云云は、兵を用るの術ニて御座候。謹言。

十月　　　　楳　拝首

後藤先生

左右

後藤象二郎宛（慶応三年十月十三日）

御相談被遣候建白之儀、万一行はれざれば、固より必死之御覚悟故、御下城無之時は、海援隊一手を以て、大樹参内の道路に待受、社稷の為不倶戴天之讐を報じ、事の成否に無論、先生に地下に御面会仕候、草案中に一切政刑を挙て朝廷に帰還し云々、此一句幕府よりの謝表中に、万一遺漏有之歟、或は此一句之前後を交錯し、政刑を帰還するの実行を阻礙せしむるか、従来上件は、鎌府以来武門に帰せる大権を解かしむるの重事なれば、幕府に於ていかにも難断の儀なり、是故に営中の議論の目的、唯此一款にあり、万一先生一身失策の為に、天下の大機会を失せば、其罪天地に容るべからず、果して然らば小弟儀薩長二藩の督責を免れず、豈徒に天地の間に立つべけんや、誠恐誠惶

龍　馬

十月十三日

後藤先生　左右

高杉晋作（一八三九〜一八六七）

長藩士、名は春風。松陰に師事し慶応二年幕軍と戦ひ後病歿。年二十九

壬戌八月廿七日故ありて江戸邸を亡命せし日

こよひこそいづこの里をやどとせむ筑波のみねにかかる白雲

同じ四月三日船中にて

思ひきや斯かる姿となりはてて古さと指してかへり来むとは

八月六日招魂祭場にて

弔らはむ人にいるべき身なりしにとむらふ人になるぞ恥かし

所感

里人の知らぬもむべや谷間なるふかき淵瀬にひそむこころを

重陽

しら菊の咲きさかえぬる御世なれば取る杯もこころよきかな

山荘に入りて

人は人我れはわれなり山の奥すみてこそ知れ世の浮き沈み

辞世

死んだなら釈迦や孔子に追付きて道の奥義を尋ねんとこそ思へ

殉難志士の霊を祭りて

後(おく)れても後れてもまた後れても誓ひしことを豈忘れめや

自笑

百年如ク二一夢ノ一。何ヲ以テカ得ン二歓娯ヲ一。自ラ笑フ平生ノ拙ナルヲ。区区学ブ二腐儒ヲ一。

送ル二鈴木惟恭ヲ一

単身好シ向ツテ二故郷ニ一還ル。十歳ノ周遊一夢ノ間。借問ス客愁何レノ処カ切ナル。秋風月ハ冷ナリ白川ノ関。

発ス二江戸ヲ一

千里周遊志未ダレ成ラ。軽装朝ニ発ス武蔵城。品川駅上別離ノ恨。付与天辺過雁声。

鈴鹿山

喬木陰森暗古関。英雄挫賊是斯間。敝衣孤剣客中老。秋雨重過鈴鹿山。

帰省後賦小詩書壁

我亦藩屏一介臣。満胸豪気幾時伸。課書読了草堂静。笑殺世間名利人。

贈浮屠提山

虚無寂滅仏元真。格物致知儒所神。報国共期学成日。君排夷教我胡塵。

常陸笠間訪加藤有隣席上作

書剣飄然遊天涯。半肩行李一草鞋。壮士不期墳墓地。青山到処骨可埋。突然訪君君休笑。要以誠心叩蘊奥。唯愧吾性本頑愚。読書撃剣未得妙。駑馬千里雖難馳。良工鞭策何患遅。請君千丈長我気。使我得成報国基。嗟呼何日発義憤。皇国武威耀遠近。国家恩重是邱山。生死命軽似塵坋。匆卒欲別転自憐。過従半日亦好縁。去矣明朝何処到。茫茫霜野秋風寒。

庚申歳暮

疎才自笑此生迂。何日文章泝老蘇。課業未終年又尽。寒燈相対我慙吾。

学舎偶成

不為浮名屈此身。青天白日見天真。明倫館裏談経義。畢竟明倫有幾人。

偶成

繁文為累古猶今。今古誰能識道深。采菊采薇真的意。人間万事只斯心。

有執御命賦小詩二首。録一。

不問人間狷与狂。致誠塵世是忠良。請看紅紫満園色。独有桜花存国光。

贈寺島生

好得故人為佚游。新詩佳酒可消憂。唯歎身与歳時老。心事齟齬夏又秋。

書感

壮士由来有所思。所思遂不与時宜。誰知夜夜孤燈下。空唱屈平漁父辞。

又

自歎浅薄老無為。身落塵中又恨誰。順逆浮沈人生事。従梁天命与天資。

別子大

春去夏来幾歳時。与君游興楽声詩。一朝離別三千里。花月江山各地思。

壬戌八月廿七日亡命桜邸

官禄於吾塵土軽。笑抛官禄向東行。見他世上勤王士。半是貪生半是名。

十一月十三日将赴金沢斬夷人。

欲補邦家急。抛身致寸誠。任他塵世客。呼我作狂生。

十二月桜邸放囚

自慙松水与松陰。緒業吾生難耐任。昨夜東風吹雪去。雁声月影促帰心。

決死越函嶺。因次麻翁詩韻言志

東海梅花香有余。豈帰郷里混樵漁。今吾欲折一枝去。即是花開花落初。

詩酒放蕩。友人責以大義。因賦此詩答之。

堪笑書生抱杞憂。乾坤自古事悠悠。狂人別有胸間快。無日無登売酒楼。

癸亥正月五日改㆓葬シ松陰先生及ビ頼三樹小林民部ノ遺骨ヲ於若林村下邸ニ㆒。賦シテ㆓小詩ヲ㆒奉ル㆓二十一回先生ノ墓前ニ㆒。次㆓麻田韻㆒

要ス㆘思ヒテ㆓往事ヲ㆒慰メント㆗英魂ヲ㆖。自ラ愧ヅ未ダ㆑能ハ㆓雪グ㆒旧冤ヲ㆒。幕下回看ス少年ノ日。若林ノ村景似タリ㆓松村ニ㆒。

廿三日。送リテ㆓土藩ノ有志ノ士ヲ㆒到ル㆓京城ニ㆒

海内元来如シ㆓弟兄ノ㆒。何ゾ論ゼン北約ト与㆓南盟㆒。列侯十八京城ノ裏。誰カ為メニ㆓天王ノ㆒討㆓賊兵ヲ㆒。賊兵ハ指ス㆓違勅ノ人ヲ㆒。

三月朔日。発ス㆓武城ヲ㆒

嘗テ期ス生キテ不ルヲ㆑越エ㆓函関ヲ㆒。東海要㆑求メント埋骨ノ山。豈ニ計ランヤ一朝君命至リ。満懐ノ愁緒向ツテ㆑西ニ還ル。

四月朔日。泊シ㆓舟ヲ於室港ニ㆒。有リテ㆑感而作ル

半世ノ事業与㆑心違フ。空シク被㆔愁情ニ促サ㆓客衣ヲ㆒。愧殺ス篷窓孤枕ノ上。夢魂独向ツテ㆓故園ニ㆒飛ブ。

二日。

到太多武港上陸。謁春日神祠。読久坂秋湖題詩有感。因歩其韻。

港口来維一葉船。神祠認得此詩篇。多情憶起戊午事。回首匆匆已六年。

三日。逆風。維船下津江港。終日閑座。愁緒如糸。

追思肥藩義士堤氏事。慨然賦此以弔。

素識慨然除国姦。又将憤死動君顔。縦令英骨帰塵土。魂繞阿蘇西海山。

四月五日。雨降。泊舟鞆津。鞆津備後福山侯所領。

癸丑歳。藩先侯為閣老。謀和夷事。藩臣山岡八十郎。忠諫死之。去今已十年。思之不堪。即賦小詩弔之。

致死断然機会投。由来天下幾春秋。当時若使用忠諫。豈有廟堂今日憂。

五日。上陸酔酒家。午後雨少休東風至。即発船。終日閑臥読兵書。入夜亦雨。遂泊相避島。回顧身上事賦小詩。

決意敢躕躇。布衣入故城。河源好山水。耕読送余生。直到

六日午後。雨少風強。孤帆飽腹。舟馳如矢。直到周防海。閑坐篷窓得小詩。

江山当面旧相識。知是孤舟入我州。別有孤生不平事。一憂一楽対前流。

七日。泊舟於家室津。雨晴風猶逆。不得発。感慨有作

要為邦家起正義。作雲作雨揺天地。一朝蹉跌志終違。却被人呼做狂士。

十八日偶成

西馳東鶩事悠悠。二十五年付一漚。帰臥家山静幽処。夢

醒天地幾春秋。

廿七日。訪呑鵬杉氏。即唫

背俗入山山亦非。忽然来扣故人扉。誰能知得狂生志。自許西陲一布衣。

廿八日。答杉氏来訪。

門掩荒渓竹樹間。清風掃榻午方閑。君来何意吾無識。笑指窓前数点山

五月二日。南亀五郎来訪。賦小詩贈之。

乗霽耕田雨罩魚。山渓生物美堪茹。閑中更覚国恩大。時読長生一巻書。

甲子二月。在京城作

無限不平将剖胸。閲来周易識妖凶。古今英傑為忠死。却在衆人所不容。

落魄京城已幾時。鴨東花柳日追随。夜深燈滅酒醒処。回

顧前非涙似糸。

甲子三月念九。　下獄

敢辞誅戮与囚禁。　只恐双親懐我深。　韓醢彭葅本非罪。　讒
人在世古猶今。

三十日

目不看天日。　心明意自如。　仰窓呑爽気。　恰似小池魚。

四月朔日

独思国事不思身。　顚蹶遂為幽室人。　那管塵間非与是。　誠
心黙黙対明神。

三日

人世浮沈不肯休。　孤雲流水去悠悠。　囚窓日月三年夢。　上
海津頭維客舟。

予游支那。　距今已三年。　昨日鳳翼。　今変為籠中鳥。　諺云人間万事塞
翁馬。　真哉。

五日。読書七十葉余

知己従来懐二君。繋囚不得拝双墳。日東正気冠天地。休説張巡与霽雲。

予知己多于天下。而能知我心者。土州吉村虎太郎。我藩河上弥市也。弥市死節於但馬。虎太郎死節於大和。二士之名。頗冠今時。而虎太類張巡。弥市類霽雲。然二士節義。固非巡雲之所及也。

六日読書五十葉余

酔倒京城幾酒楼。楚雲湘水夢悠悠。帰来誤落野山獄。空想曾游遺結愁。

七日読書四十葉

単身嘗到支那邦。火艦飛走大東洋。交語漢韃与英仏。欲捨我短学彼長。

壬戌春正月。予受命至支那。同秋七月帰国。忽喜邦政復太古。野芹忠言上我主。為主即要作先鋒。金川駅頭脱醜虜。閏八月。予亡命江戸邸与同志久坂秋湖等十四人謀。欲斬夷人于金沢。已到金川駅。事露因君命留。両度義挙違我志。爾来小節何足言。癸亥春至京師。断髪号東行。是夏受君命戍于赤馬関。愧吾頑愚今可死。偸生岸獄真君恩甲子三月。予因亡命之罪下獄。

八日。読書六十葉余

茫然暫既往。黙坐慎将来。時把古書読。素心猶未灰。

十日。読書五十葉余

孤身在縲紲。胸間百憂窒。只知有今朝。不知有明日。
暁鴉叫屋上。獄窓透旭光。拝之空涕涙。聞之又断腸。
断腸非恨寃。涕涙非惜命。外患迫吾君。如何此邦政。

十一日。読書三十葉余

偸生決死任時機。不患世人論是非。記得先師寄吾語。回頭追思涙空揮。

回先生在江戸獄。寄予書曰。死生可置度外。雖高節如天祥。可偸生則偸生。云云。

十二日。読書四十葉余

去年断髪臥草庵。今歳依罪下野山。野山獄暗昼如夜。朝暮俯仰咫尺天。今歳憑身被束縛。始知去年隠逸楽。草庵近在漢山峰。渓水繞屋窓臨江。如此好景無由見。思山思水坐獄中。 萩城東松下村有山。曰唐人。乃予草庵所在也。

十三日。 読書四十葉

士為讒間蒙汚名。譬如浮雲蔽月明。浮雲去尽天澄霽。応有明月照真情。独憶東海源烈公。心懐尊王与攘虜。俗吏不知公深志。当時満城称賊主。烈公死兮未十年。一世忠誠通九天。公嘗有歌吾今記。浮雲明月尚依然。 水府烈公国歌云。浮雲廼。加加礼波加加礼。後廼世乃。鏡登照寸。山乃端廼月。

十四日。 読書五十葉

願作常山顔杲卿。罵安禄山潔一生。願学愬将軍智略。擒呉元済送京洛。賊魁未如安呉姦。吾才難及愬与顔。唐朝禍兆今将起。何日囚奴呼快死。

十六日。読書五十葉

夜深人定四隣閑。短燭光寒破壁間。無限愁情無限恨。思君思父涙潸潸。

十八日。読書四十葉

繙書黙会復沈思。宿疾初知有所医。薬石如斯未曾得。恨吾下獄十年遅。

廿日。読書五十葉

時機蹉跌与心違。謝罪断然郷国帰。往事茫茫如一夢。便知二十六年非。

廿二日。読書三十葉

虚心欲勿悔前非。情緒如麻涙湿衣。斬首斬腰我甘受。恨他父母受群譏。

廿五日。読書三十葉

君不見死為忠魂菅相公。霊魂尚存天拝峯。又不見懐石投

流楚屈平。　至今人悲汨羅江。　自古讒間害忠節。　忠臣思君
不懐躬。　我亦貶謫幽囚士。　憶起二公涙沾胸。　休恨空為讒
間死。　自有後世議論公。

廿六日。読書五十葉

燭滅人眠夜已深。　孤囚就枕正沈吟。　茫然閉眼又開眼。　即
悟生前死後心。

廿七日。読書五十葉

世道升沈自古然。　責人忘我各争権。　二蘇才略冠天下。　抗
疏曾又擯伊川。

廿八日。読書四十葉余

憂国傷時独歎嗟。　孤囚心緒乱如麻。　吾如誤死瞑瞑裡。　忠
魂帰天護国家。

廿九日。読書七十葉

節近黄梅雨未収。　対窓黙坐寸心幽。　簷声点点断還続。　添

得囚人一片愁。

五月五日。読書四十葉。屈平以此日没汨羅。因賦之弔魂

弔魂思忠死。涕涙拭還垂。汨羅一江水。千古万人悲。

七日。読書六十葉

従作繋囚心更雄。栄枯都不与人同。初知極楽無量界。却在辛途苦海中。

十日。読書二十葉

囚室苦無為。披書養良知。虚心而平気。書中自有師。

又

読至南宋滅。独悲天祥節。臨死衣帯銘。使人為泣血。

又

爾来天下士。貪利不成仁。嗟我雖愚鈍。要学天祥心。

十一日。読書三十葉

一飯飽。　一衣温。　衣之思親恵。　食之仰君恩。　誰道鉄心笑
坐獄。　是豈忠臣孝子言。

十六日。　十七日。　読書一百余葉

天下滔滔多諂臣。　直言誰敢擲吾身。　披書看至朱明事。　也
有幽囚読易人。

十八日。　十九日。　読書七十葉余

豈傚世忠潔一身。　丹心独愧武公仁。　偸生岸獄讒披巻。　不
免流離講学人。

又

勿思勿思更勿思。　思兮思兮使心悲。　意馬心猿何所之。　富
岳琵琶湖天一涯。　千縷万緒乱如糸。　嗟吾思応無尽時。

六月二日

滔滔走利好名時。　捨禄抛官又有誰。　不恨微軀死邦獄。　報
君心胆上天知。

四月五日

壮年蹉跌誤機会。桎梏作囚故国城。要済患難建忠策。却為讒謗得汚名。数奇百折自天命。寸善尺魔是世情。豈無日月照人海。寤寐永歎送余生。

十九日

優游自得養誠真。板屋三間足寄身。蟣蝨生膚蟻満席。堪思土窟上書人。

廿一日。因恩命。脱野山獄

既以微軀付一漚。又憑仁命脱幽囚。君恩海獄無酬処。正是重生重死秋。

又

偸生岸獄八旬余。命下只今脱此居。猶有真情難忘得。去囚室似出吾廬。

臨去題囚室

又

十死一生脱獄帰。　石田茅屋尚依依。　家翁欣喜出迎我。　先拝慈顔涙満衣。

偶成

甲裏遺歌看奇韻。　拝梅斬敵気還雄。　三尺佩刀三寸筆。　風流節義在茲中。

十一月二日。　乗船発馬関。　賦呈同行野唯人大庭伝七。

一順逆。一賞罰。　賞罰与順逆。　天理今猶昔。　東藩暴威盛。
大挙来迫城。　城中俗議起。　骨肉欲相争。　一夜天花堕。　俗議如烈火。　俗議如火兮。　大罰将及我。　断然脱繋囚。　潜伏山亦舟。　幸有二士在。　使吾去吾州。　君不見楠公護鳳輦。　更有尊氏反。　又不見南宋衰乱間。　生一文文山。　順逆賞罰尋常事。　丈夫為之豈屈志。

来原良蔵。　有故割腹。　死江戸邸。

也是我藩林子平。　廿年前独説強兵。　世人不識君深志。　今
日空存義死名。

河上弥市。改名曰南八郎。死但馬。　余与弥市亦最
深。弥市嘗携白絹衣。来需書於余。　余即書可憐無
底河辺骨。二句。今而憶之。殆似為讖。　故転結及之

拭涙斬頭剣有神。　英名赫赫動三隣。　豈図衣帯文為讖。　忽
作春閨夢裏人。

宍戸左馬介。有辞世国歌。其題言云。議論雖異。
与諸士同死亦吾幸矣。是吾曹世臣。宜味之言也。

独立国論紛乱中。　泰然黙訥守純忠。　与人異議与人死。　世
上恨無知我翁。

毛利登人。　平生議論与宍戸合。　憶其決死之心。　亦
応同也。

酬国胆心万古存。　偸生愧我負鴻恩。　与君同志穴翁在。　泉

下相逢共慰魂。

寄井上世外

蟬脱青雲志。占閑赤水濤。午涼客探句。夜月妾携琴。
高慕七賢徳。清同六逸心。不言塵世事。黙座対蒼岑。

近日世外春畝両兄。隠逸同居。而世兄愛松樹。春兄愛梅花。即賦之以贈。

勁節貞容占吉祥。賢心玉色傲風霜。松梅争徳満床裏。好是謫人安楽場。

次其韻

一張還一弛。往事去茫茫。感古志逾固。慨今心自傷。内姦如狼虎。外賊是豚羊。烽火四隣起。亦当発我狂。

次野村靖之助韻

既是断頭場上人。又為花柳冶游身。如斯大罪無容地。負国負朋且負親。

絶句

赫赫東藩八万兵。襲来屯在浪華城。我曹決死果何日。笑待四隣聞砲声。

七月十七日。発馬関赴吉田駅。途上過壇浦前田両砲台有感

此是奇兵古戦場。砲台台上草茫茫。同人埋骨知何処。触岸波声訴恨長。

十八日。吉田駅舎。与奇兵隊諸士会。山県素狂。席上作書画詠国歌。予亦賦小詩題其上。時奇兵隊屯吉田駅

風流兼節義。兼得即英豪。今日描花手。何日提快刀。

八月六日。招魂場祭事。与奇兵隊諸士謁之。此日軍装行軍。如出陣式。

猛烈奇兵何所志。要将一死報邦家。可欣名遂功成後。共

作招魂場上花。

次悠悠道人韻

詩酒悠悠宜送日。　男児成事豈無時。　任他市井呼游侠。　一片丹心未敢差。

十六日。投吉田駅。与奇兵隊諸士会。有作

堂堂君子楽昇平。　赳赳武夫好起兵。　欲向皇天問良否。　孰斯邦賊孰忠誠。

贈薩人木藤市助　時幕府欲有事宰府薩藩防之

薩軍振起護龍鱗。　天拝峯頭払俗塵。　君更快然吾亦快。　神州形勢自今新。

帰関後。　消閑偶成

可堪可忍心還意。　何恨何憂人与時。　塵世行途纔百歳。　陶然莫廃手中巵。

又

儼然危坐未看真。正論確乎誰得伸。唯是拡充憂国意。終生不肯負明神。

帰省萩城

父陪公駕在鴻城。我捨妻児事遠征。今日帰家空歎息。田園二頃草菁菁。

馬上偶成

臨険臨危豈恃衆。単身孤馬乱丸中。沙辺枕甲腥風夕。幽夢悠悠到海東。

四境勝報連至。満城欣喜。余独憂之。賦小詩自警。

廟堂原野共論評。称歎勇功兼智名。勝于易勝孫呉術。秋毫明月是精兵。

山中偶成

売刀買山住。閑臥独怡怡。多病雖辞客。寸心豈負時。
作書書更拙。探句句成遅。恨我少年日。学兵不学詩。

歳晩

在家不孝罪三千。　於国不忠違世賢。　放蕩依然孤俠客。　幾年此地送残年。

河井継之助（一八二七～一八六八）

長岡藩士。意に反して官軍と戦い、傷病に斃れる。年四十二

紀行日誌「塵壺」より

安政六年六月七日

武氏を立。花、三、鵜の三子、横浜の交易見物ながら被送（中略）神奈川へ八ツ頃到り、船に乗り、横浜へ行、新に出来し家にて、色々店を広げ、中にも目立は塗物店、其結構、都会にもなき所なり。未普請の不出来、揚銀銭の価も不定故、交易も墓々しからず、出来上りにならば、嘸ぞ立派に可相成。海港の様子、神奈川迄の往来、新道相出来、実に公儀の勢にあらざれば不成事ならん。乍去地せまくして、江戸は近、其勢如何相成ものか、凡慮難計所なり。（中略）其夜暮時神奈川玉川屋に宿す

同廿一日、晴、○津。朝立て追分より津に到り、宿を取り、直書状を認、用人の名宛

にて斎藤へ遣処、已夕方也。早速兼て供に居りし用助参り、夜九ツ過迄咄す。
同廿二日、晴、逗留。朝丸の中屋敷へ行、先生に逢、夫より直に山荘へ行、終日四方山の咄をいたし、先生も三四日前に隠居、家督済、大壮士、小壮士、何も百人づゝ、右は三人扶持給る由、扶持は新田免上より出ると。郷士の練兵等の咄あり、小浦惣内の咄あり、是は紀州の役人なり、先生しきりに孔明謹慎の二字を為予に談す。小原の話、土居幾之助の話色々あり。山荘にて経済の手本を拵ふ咄、普請綺麗なり。（中略）先生不相易壮気なれ共、少く衰老の様覚ゆ、及衰得之戒可懼、色々の事あれ共、大概覚ある故、他日記さん。夕方帰る。宿へ秋月範、神吉子、用助と共に来り、夜贄崎と云処に到、少し船に乗る、月はあり、好風景、所謂あこきの浦なり。（下略）
同廿三日、晴、逗留。昼前は紀行にてもと思処、隣座敷に庄屋体の者、両人居、我の間へ来り、談を致す、余り領政を宜敷申さず、是は上の被成方、酒を始、荏かす様の物に到迄、皆上に役所出来、何やら上下利を争ふ風ある様聞ゆ。（中略）昼飯後、神吉子誘呉、又先生家に行、色々書画等被為見、数刻話を致し、昨日の礼旁暇乞して帰る。先生も不遠熊野辺湯治に行るゝ由、予は是より、帰路に上ると云し故、先生は予の決心を見、可任心と被申共、あとはしきりに留けれ共、是には少し心もあり、先づ暇を乞、神吉の案内にて学校を見、入用の処計りにて搾方面白。夫より土居を訪、奇人也。此逗留中の話多して、且入用の事は覚ある故、追て可記。神吉亦我宿へ来り、色々咄をなす。

同七月十七日、(前略)夜山田に宿す、昼夜大体出居らる。佐久間に温良恭謙譲の一字何れかあるとの論。封建の世、人に使はれる事不出来はつまらぬものなりとの論、一村に一町づつの新開を申付ると云事、公の水戸一条に付山田への御問に被答たる書の後の文を内々に見る、外数々話もあれども追々緩々可記。

同二十日、昼前山田先生の出懸り宅へ被招、土屋と共に行、進と神戸と来り談ず。土屋は諸藩を尋、学校の様子始、衆人に応接、数々珍敷話もあり。(後略)

同二十一日、(前略)昼後亦行談ず(中略)。頼母子の談出づ、士は士、百姓々々、町人々々夫々、中間の外堅停止、改革の一也と被云、追て改革を聞可記。(中略)夕刻より進昌一郎へ被招、山田と行、色々話を聞、山田の仕事、少しは聞けれども委敷尋し上可記。土着の談も追て可記。当町に教論所とて学問所あり、町人是へ出、会読輪講迄あり、第一山田は西方の百姓、林富太郎は玉島の商人、三島貞一郎は他領の庄屋の子、林三島の両人は近頃の取立なり、進の処に百姓の子十二歳にて八大家を読居者あり、教育の法、感心の者なり。数々話あれども追て可記。夜四ツ頃帰宿。財と文武と富国強兵兼るの勢、兎角民財にかゝはると武文すたると山田の話。倹約も能けれ共、文武不振しては残念なりと、上杉の振ふか、不振かの事に付右の談有之、望中々高し。進昌一郎も庄屋より酒屋養子に行し者。

同二十八日、会藩秋月悌次郎来る、土佐の政事面白話を聞。

八月朔日、秋月帰る、三島貞一郎来る、是は被召出に付引移のため也、山田の話を色々致す。

同八日、山田へ行、其中の話に、誠心より出は敢て不用多言（問答）。三晩宿る。

同十六日、暁七ツより、藩士七八人と、其他商估一両人と、山田へ行。夫より船を登せ、不動瀧と云迄到、奇岸絶壁、不可名状、川は小なれども、如何にも急流、舟師の心労働きには感心のものなり、かゝる急流は始て乗し也。又山田に帰る、夜に到り、後の人々は船にて松山へ帰る。

同十七日、夜明月、月下に先生の話を聞。

同十九日、夜に到り、山田先生来る。廿日、先生留。廿一日、同。廿二日、同。廿三日、同。此日先生江戸の命あり。

同廿四日、先生帰、此間様々の談を聞、昼後先生帰後、進、林、三島来る、夜迄談、二朱余り出酒。

九月二日、山田へ行、三日、四日、五日、山田へ泊る。

同八日、夜山田先生来る。

同九日、朝四ツ過地震、夜明又震。改革は古物は老て死、若年の者は成長、十五年位にて始て立物、急にすると朋党の憂抔あり、急には不出来事なり。乍去始より心を用ゆるは無中迄事と。右は君公、楽翁公の話なりとて山田に被話候由、君公は楽翁公の曾孫なり、桑名より来る人。先生又云、十ケ条あれば、段々易より始、追々可致事と。総て如此様子、面白事なり。此夜林にての話。

同十五日、夕刻乍暇乞進へ行、山田先生来たり、始て郷状を見、水変を聞、夜不寝、夜更迄返書を認、別封にして頼。先生妻君よりと云て小手被下、宵の中、色々話を聞、世話ずき、経済話ずき、筋と云言葉あり、面白処あるやう思はる、他日戒のため記置、乍戯其中に心を用居と妙言ある様思はる、和文を被送下。
同十六日、先生逗留、朝より人来、先生一寸出来り、又昼後より人来不絶、酒ありて話する暇もなく、夕方三島来、此時抔は、先生も余程酒を呑み、三島の言不得正と極論す、傍にありて、先生、三島の趣を見る処あり、三島帰りて後、又々人来り、終に夜七ツ前迄酒あり、直に出ると被云けれども、留て寝る。此夜地震、此間毎日なり。
同十七日、先生朝五ツ前水車を立、帰る、北海の小鯛と云て大なるを被下、前夜の松茸、彼是心配、忝事也。先生を送て飛石迄行、昼後水車へ帰。夫より掃除、諷物終りて花屋へ来る。（後略）
十月（長崎逗留）（前略）通詞懇意の蘭人の処へ行、二十五六の由、美男子也。予甚だ美なりとほめれば、通詞もウイと告、彼笑て居る、葡萄酒をコップに酌で台の上へ出す。予二盃呑む、ス味あり、余り酔ものにあらず。巻煙草両品出す。予イキテペイと云ツて貰ふ。彼笑て何か云けれど不分、又取り、首をコックリとする。通詞云、イキテペイレーゲンと可云といふ。傍の人、日本の煙管にてはと問し処、夜女郎買の節は吸つけて貰ふと答ふ。予戦争を不見かと尋ぬれば、ソルダアトの稽古しけれども、其向にあらざる故不見、是は商人の手代なる由（後略）

（前略）一日船を雇へ、台場湊口辺り迄見物せんと思ども、金は不足、其暇なし。向のいなさに建る製鉄場を見ぬは残念なり。江戸へ始て出でし時の様に、長崎には実に長く居り度と思し也。然れ共、月々年々に易る形勢なれば、何ツはつべき訳にもあらず、仲々十日や廿日に尽す訳でもなく、時あらばと思ひきりし也。足を留め様か、留めまいかと、日夜考し事也。此向の学問して長く形勢を見度事なり。神奈川の事抔思出し、心の不定には乍自分歎るゝ程なり。製鉄場、秋月は見たり。彼は漢学生、余り不留心（中略）今少し逗留すれば、手寄はあれど、後弥ゝ開けて、其時に会はゞ、今のものは不足見と思きりし也云々。（後略）

（前略）異船仕立は二十二三艘あり、中に唐船三艘、日本の分、観光丸、咸臨丸、其他水戸のヤツカイ丸、小船等あり、洋船十六七艘か。水戸の船、蘭人は丈夫なりと誉し由、只古き処の型なりと云し由、実か、愚弄か。唐船は上下共に上り、白塗の処多し、清朝が今に此船を用ゆるは如何なることぞ。洋船には船賃を取りてはたらくものがある由、洋船出入の砲発時々聞ゆ、往来のバッテーラは数々あり、日本船数十艘あれども、余り大なるは不見、何百艘ありても、港の中は洋船に呑れ、黒く見ゆるなり。小魚は端に、鯨は沖に、小魚の目に不付様の者なり。朝鮮の小舟、対州の屋敷につけあり、漁舟漂流せる由、尖り船なり、一寸見ては日本に更りなし（後略）

十月廿一日、（前略）浜田屋甚八へ宿、七ツ時分故、結髪入湯して木下へ土産のため菓子屋の好き所へ立寄り尋ねし処、朝鮮飴とて、諸国へ廻る当所の名産ありと、夫を少し食て見れば、甘でもなく駄菓子なり、煉羊羹を尋し所、ありと云、幾等分にても切ると云、故に一匁五分と云ければ、則ち切れるを見に、巨大なり、予思ふに、只の羊羹ならんか、但し砂糖の安き故かと疑し故、夫亦少し試食せよと云ふ、果して小供羊羹なり、予嘆息して、如此粗末なるは使物に不出来、煉羊羹にあらずと困じたるに、彼云、如仰別製も間々拵ふけれど、只今は無是、且此品ならば御進物に結構なり、是等は好処の御使用物なりと云、呆れて、かさありてよからう抔笑ふ、持ち帰る。則ち木下を尋ねけれども留主故、其日は帰りし也。此人木下宇太郎（改名真）とて高名なり。山田先生忰栄太郎を明年遣んため、我の肥後へ行くを幸に、手紙を認め、我に託せる故、我諸方人物、格別の人にあらざれば尋ねしこともなけれども、如此人は幸也と。其次第を手紙の中に認め貰行し也。

同廿二日、朝早、木下を尋けれ共、亦既に他出、忰云、今日は昼九ツ過より八ツ時迄は在宅と云置けり、帰りの上、御迎に出候図りと云ける故、則ち宿へ帰りける。（中略）偖夫より直に木下へ行、一礼終りて、山田は旧知の人、久々にての交通、大に楽しと。其後我事を聞く、我亦話をなす。木下、先に遣置る羊羹の礼を云、なる程内の様子を見れば、羊羹粗末にあらず、尤も此人は構はぬ故、別しての事ならん。其きたなき事、畳は元より、障子一切の道具、此人初め家内衣服の様子、刀掛の長脇差の拵、万事の質素、珍敷人なり。山田の事を段々尋ぬ、西方へ在宅の事を話しければ、山田は智者也、何歟またする図りならんと被云。秋月、土屋の話出づ、土屋尋ね呉られけれ共、不被会と、誠に繁用の様子也。我も段々話を聞く、何を御勤と聞に、訓導とて学校の役人の由、学校夫々役人ありて二等目の役なる由、何にもう子供の世話でも致す様なる事と、其言葉何となく不満足の様に聞えたり。又卒然と土屋と秋月は如何んと、我深く交る者にもあらず、且しか〳〵と云ける事にて、をかしき事あり。木下、幾日位の御逗留と被聞ける故、我則ち今日出立の心意なりと答ければ、夫は緩々御話も仕度残念なる事と被云ける故我夫に附込、如何にも御繁用の御様子故、御手間費も御気の毒と存候得ば、若又夜分にても緩々御話伺候事相成らば、幾日にても逗留仕候て宜と述ければ、御察の通り繁用にて、夜分とても暇入り多しと被云故、予云、然らば山田への御返事願ふと云ければ、直に其座にて被認、右書状認中、地震かと二度迄筆を止らる、我更に覚なく、只答もせず居る、如何なる心持か。其人温和丁嚀真率、更に儒者ら敷なく、始て会たる人の様に無之、実に百日歟半年も随て見度思はる。如何にも実学等敷人也。山田の忰を頼れし事にて、我に云、中々人の師たる処の訳には無之、只子供の世話でも到す而已の事、乍去御出にならば、私丈の御世話可仕、尤御返事に認候得共、猶又宜敷と、其言葉謙譲実意に出づ。御覧の通り御話可被下と云ける故、山田も何も構ぬ事を話ければ、夫は大分流儀が似て居るわいと被云、構ぬ処も一つの得歟と思はる。我れ言葉の端に気を付け居る故、如此事迄も覚え居けれ共、皆不用の事、其人の有の儘なる処、何となく慕敷人也。長く居り、所の風俗制度の様子、万事話を聞たしと呉々も思し也。塾読書の声、頻りにて、余程読める人も居る様子、数十人居る歟の由、塾も折廻して、家塾にて如此大なるは始て見たり。夫より暇を告て宿へ帰りければ八ツ半頃也。此中の事、長き手間にはあらざれ共、色々の話もあり、他日益あるを可記。惣じて用ゐたき事は書くに長くなる故、暫く略す。（中略）此人元は菊地より出づと（後略）。

書　簡（安政六年末）

昨日は雨、今日は晴、此頃六七日は朝霜を不見位の暖気、今日は大晦日、御両親様、益御機嫌能御年御祝被遊、恐悦奉申上候。随而私も年取の心持にて北を拝し、只今昼飯を給終り候。昨年は道中信濃にて年を過、今年は備中、特に今年は別して珍敷年取、他日御咄之種と楽みに奉存候。畢竟君父之御厚恩、誠以難有奉存候。今日抔は別して古郷を思、今頃は何を可被遊、最早御祝も可相済、御茶にても召上り候はんなど、事々心に浮み、古人歳暮の詩作に、古郷を思ふの作多も、宜哉と奉存候。只々難有は、一家安全、私は大丈夫、何之幸か可過之。遠く御離れ申候は恐入候得共、所謂丈夫天

涯如比隣と思召、御安意可被成下候。明後二日に松山之飛脚出候間、昨日認候書状、今日歳暮御祝儀状、明日年頭御祝儀、一封に可差上、海山申上度事は御座候得共、飛脚に頼候に大封も不宜、唯歳暮之御祝儀奉申上度如此御座候。謹言。

十二月晦日八半頃認　　継之助

御両親様

昨日認候書状中、遊歴一条、御咄しは御取捨可被成下候。来三四月頃は江戸表へ罷出、万事可申上と楽に奉存候。今日は風少々有之、越国ならば荒ならんと奉存候。私は年始もなく歳暮もなく、所謂雲水に候得共、明日は登城年始を勤候人々のため好天気にいたし度ものに御座候。江戸に出候事は、兼而之心含と違ひ早く候得共、段々経歴、心も易り、是等の儀は帰国之節御咄可仕候間、左様御承知可被成下候。

口上書

此一軍(ひといくさ)さは、第一御家の興廃も此の勝ち負けにあり、天下分け目も此の勝負にありて、御家がなければ銘々の身もなきもの故、御一同共に身を捨て、数代の御高恩に報じ、牧野家の御威名を万世に輝し、銘々の武名も後世に残す様、精力を極めて御奉公いたしませう。なぜ分け目の軍さと云へば、奥州の敵も、今に捗々敷ことなく、東が大勝すれば、越後に敵が居られず、越後が大勝すれば、奥羽に敵は居られず、然れば敵もどこまで引て夫て済むといふ訳にも参らず、そうなると、天下の形勢が変じ、元々諸大名が義理でする仕事でもなし、軍ずきがした仕事でもなく、只暴威に劫やかされて、いやでも難義でも一寸ずりに延したは、愚かの心底から、義も忘れて、左様の事するけれども、心に誰でも悪るいといふこと知らぬ者なく、高田や与板が快いといふ事もなく、気楽でもあるまい、少し模様が変ずれば、天下の諸侯が変心するから、そりや敵も大変で、天下を取らうとしてした仕事は空敷なり、そうなると、天下中に悪まれ、異国も見離し、終には国も亡る様に至るから、容易の事では引かれぬ筈で、敵も夫を知つて居るから、此の大乱を作せし薩摩の西郷吉之助が越後へ来て、天下分け目の軍さすると云ふ事を聞ましたが、何にしても、そりや分け目だから、此の軍は大切で、私共間違ても御城下へ入て死ねば、義名も残り、武士の道にも叶うて、遺り置事もなく、思の儘に勝てば、天下の勢を変ずる程の大功が立つから、精一杯出してやりませう。御城下は目の前にありて、入る事も出来ず、如何にも事多で、御一同の御難儀も不目立様なれども、中島文次左衛門殿の弟は、先月二日に今町で討死し、其弟が兄の首を介錯し、始終負て戦ひ居るを私は見て居ましたが、其男が当月二日大黒口の先駈して又討死し、竹垣徳七殿の両人も椽尾にて討死し、其外あつぱれの働して、討死手負したる人々は、皆様御承知の通り、忠憤義死の人は気の毒の事なれども、是も是非ない事にて、此上は一刻も早く長岡を取返し、両殿様を早速御迎へ申上、御一同忠死の程、両殿様へ申上、戦死の人々を厚く弔ひ、目出度御入城の上は、両三年も御政事を御立被遊れば、元の繁昌にすることは慥に出来るから、御一同共、必死を極めて勝ませう。死ぬ気になつて致せば生ることも出来、疑もなく大功を立てられますが、若し死にたくない、危い目に逢ひたくないと云ふ心があらうなら、夫こそ生ることも出来ず、空敷汚名を後世まで残し、残念に存じますから、身を捨てゝこそ浮む瀬もあれと申しますれば、能々覚悟を極めて大功を立てませう。一昨夜より風も強く、此一戦を大切に思ひ、皆様と御一心になつて、此度は是非とも大勝を致し度いと心に浮みし丈けを口上にて申上様と書ましたが、届ぬ事もあるけれども、篤と御考被下ましやう。

雲井龍雄（一八四四〜一八七〇）

米沢藩士。本名小島龍三郎。維新後、反政府策動で刑死。年二十七

白田孤吟　その十

不材知負世。　幽契只烟霞。　天也道従屈。　鳳兮歌可嘉。　高
操雲掛月。　閑志蝶眠花。　且尽杯中酒。　此愁豈有涯。

日本橋晩景

斜陽低従鷗背堕。　初月迎我鐘送我。　橋上馬語又車声。　橋
下呉檣雑楚桅。　葛袗綿袴万里身。　朝西暮東趁馬塵。　帰与
歌底行弾剣。　有酒有魚無故人。

秋暁

夢魂乍被雁声驚。　起捗前園洗宿酲。　時有秋蛩跳入草。　牽
牛花動露晶々。

落葉

秋声来淅瀝。緑葉変為黄。随雨蕭々落。追風野々颺。機中思婦涙。枕上旅人腸。我欲付詩料。悲酸難就章。

臥病　その一

我生素疎放。於世無経営。況又病来懶。林臥謝送迎。展箪風榻上。爽然愜我情。雲来遠山暗。雲去遠山明。人生苟自適。薜蘿亦簪纓。

土州邸会武市岡松諸翁

板蕩任他人勝天。天如有定豈吾捐。何時更継獲麟筆。記尽延元以後年。

題客舎壁

欲成斯志豈思躬。埋骨青山碧海中。酔撫宝刀還冷笑。決然躍馬向関東。

相馬城別人見勝太郎

平潟湾勿来関。　石路縈廻巌洞間。　怒濤如雷噴雪起。　淘去
淘来海嚙山。　地形雄偉冠東奥。　一礮守此誰能攀。　君航東
洋来此地。　目撃区処防海事。　難奈秦兵威不振。　風声鶴唳
肝胆墜。　君猶叱咤突賊陣。　指揮死士弾且刺。　彼衆我寡勢
不便。　咽喉之地忽然棄。　君不見大梁挙兵救趙来。　函谷之
関可撃摧。　縦令此地棄不守。　雪恥有期君休哀。　我亦潜行
侚両毛。　襲都将刺二姦魁。　義兵一時起賊背。　掩撃殲之亦
快哉。　勝算歴々在方寸。　我任此事不敢遜。　今日別君々自
愛。　唯須詩酒遣宿悶。　金風嫋々吹鳧水。　三十六峰秋色美。
此時与君笑相迎。　遨游好携東山妓。

述懐

生不聊生死不死。　呻吟声裡仆又起。　立馬湖山彼一時。　雄
飛壮図長已矣。　我生有涯愁無涯。　悠々前途果如何。　咄々
休説断腸事。　満山風雨波生花。

贈上杉家執政

妻妾是知君是妄。此時社稷奈興亡。願将慷慨書生涙。洗尽廟堂奸吏腸。

雨中観海棠有感

緑湿紅沈悄無力。恰似楊妃啼後色。花容如愁何所愁。我対花問花黙々。憶昔浜殿殿南荘。把酒賦詩賞海棠。当時同盟今四散。或為魯連或張良。不将水火挫其志。往々暴憑就死地。死者函首送賊庭。生者海島猶唱義。嗟吾赤城僅脱身。再挙無策久逡巡。今対此花思往事。血涙和雨紅湿巾。

題集議院障壁

天門之窄窄於甕。不容射鈎一管仲。蹭蹬無恙旧麟麒。生還江湖真一夢。自咲豪気猶未摧。毎経一艱一倍来。睥睨蜻蜓州首尾。将向何処試我才。溝壑平生決此志。道窮命乖何足異。唯須痛飲酔自寛。埋骨之山到処翠。

透谷寓居。即事 その二

与俗浮沈酔又醒。我心如水跡如萍。閑々更以掣鯨手。挿出寒梅花一缾。

有感

欲求死所向何処。深愧志乖身尚全。熱血嘔来丹若渥。回天事業有空拳。

白梅篇

少小読破万巻書。欲討聖源溯泗洙。道与世背無所用。豪宕却是一侠徒。破産傾身多結客。奮為六王進奇策。山東豪傑半属望。共謂秦兵撃可卻。縦散約解壮図休。去向江湖没我跡。一朝自悔心恍然。深羞平生気宇窄。君不見有窮之女字嫦娥。一飛去奔月為家。我亦将高探其窟手拗天桂折其花。又不見緱山仙子其名晋。駕鶴縹渺截雲陣。我亦将遠窮八紘横絶弱水進我軔。　聞説八小州外更有五大洲。
乗風好放破浪舟。烏拉之山太平海。去矣一周全地球。一
世俊髦尽把臂。万国奇勝尽属眸。　然後税駕故山瀟洒伴松
菊。　一世能事庶幾将始休。

檻車東下。示本田某。

俠骨至今猶未摧。任他刀鋸迫肌来。　漢廷従是知高枕。　寂
寞世間無郭隗。

示村山友之輔

鴉生知反哺。狐死知首丘。　禽獣猶如此。人豈無所酬。　況
我君与親。訓我学前修。　読書破万巻。　締交遍八州。　批鱗
紫宸殿。豪気凌王侯。　唱義赤城峯。　俠骨圧貔貅。　唯期激
頽波。振蕩滌皇猷。　此志或未貫。　此生死何休。　睥睨海之
内。　無可同此憂。好蹈海之外。　意気求吾儔。　疎豪君休笑。
我業期千秋。　一死酬君父。　無向天地羞。

送人之東京

不忍池水繞東台。　腥風帯雨撥寒灰。　豺狼横道老龍逸。　吉祥之閣安在哉。　君不見元和定鼎肇基趾。　威武西震覚羅氏。　舜雨尭風六十州。　朱門金殿八千市。　蒼田為海天命移。　難奈文恬又武嬉。　前門防虎後門狼。　大厦一傾無人支。　嘻々我獲鹿裘危機一髪。　懐古慨今竦毛骨。　君今攬鞭遊其墟。　百感知聚君一瞥。　如今何物尚依旧。　墨田之花高輪月。

呈息軒先生　その一

身世何飄颻。　浮沈未自保。　俯感又仰歎。　心労而形槁。　微軀一致君。　不能養我老。　揮涙辞庭闈。　檻車向遠道。　鼎鑊豈徒甘。　平生有懐抱。　此骨縦可摧。　此節安可撓。　我命我自知。　不復訴蒼旻。

述懐

死不畏死。　生不偸生。　男児大節。　光与日争。　道之苟直。

不レ憚ニ鼎烹一ヲ。渺然タル一身。万里ノ長城。

討薩檄

初め薩賊の幕府と相軋るや頻りに外国と和新開市するを以て其の罪とし、已れは専ら尊王攘夷の説を主張し、遂に之を仮りて天眷を僥倖す、天幕の間、之が為に紛紜内訌(ふんうんないかう)、列藩動揺、兵乱相踵(あひつ)く、然るに已れ朝政を専断するに得るに及んで、翻然局を変し百方外国に諂媚(てんび)し、遂に英仏の公使をして紫宸に参朝せしむるに至る、先日は公使の江戸に入るを譏(そし)つて幕府の大罪とし、今日は公使の禁闕に上るを悦んで盛典とす、何ぞ夫れ前後相反するや、因是観之其十有余年、尊王攘夷を主張せし衷情は唯幕府を傾け、邪謀を済さんと欲するに在ること昭々可知、薩賊多年譎詐(きつさ)万端、上は天幕を暴蔑し、下は列侯を欺罔し、内は百姓の怨嗟(えんさ)を致し、外は万国の笑侮を取る、其罪何ぞ問はざるを得んや。

皇朝陵夷極まるといへども、其制度典章、斐然として是れ備はる、古今の沿革ありといへども、其損益する処可知也、然るを薩賊専権以来、叨に大活眼、大活法と号して列聖の徽猷嘉謀を任意廃絶し、朝変夕革遂に皇国の制度文章をして蕩然地を掃ふに至らしむ、其罪何ぞ問はざるを得んや。

薩賊擅に摂家華族を擯斥し皇子公卿を奴僕視し、猥りに諸州群不逞の徒己れに阿附する者を抜て是をして青を紆ひ紫を拖かしむ、綱紀錯乱、下凌き上替る今日より甚だしきは無し、其罪何ぞ問はざるを得んや。

伏水の事、元暗昧、私闘と公戦と孰直孰曲とを不可弁、苟も王者の師を興さんと欲せば須らく天下と共に其公論を定め罪案已に決して然る後徐に之を討すべし、然るを倉卒の際俄かに錦旗を動かして遂に幕府を朝敵に陥れ、列藩を刼迫して征東の兵を調発す、是王命を矯めて私怨を報ずる所以の姦謀なり、其罪何ぞ問はざるを得んや。

薩賊の兵東下以来、所過の地侵掠せざることなく、所見の財剽窃せざることなく、或は人の雞牛を攘み、或は人の婦女に淫し、発掘殺戮残酷極る、其醜穢狗鼠も其余を不食、猶且靦然として官軍の名号を仮り、太政官の規則と称す、是今上陛下をして桀紂の名を負はしむる也、其罪何ぞ問はざるを得んや。

井伊、藤堂、榊原、本多等は徳川氏の勲臣なり、臣をして其君を伐しむ、尾張、越前は徳川の親族なり族をして其宗を伐しむ、因州は前内府の兄なり、兄をして其弟を伐しむ、備前は前内府の弟なり、弟をして其兄を伐しむ、小笠原佐渡守は壱岐守の父なり、父をして其子を伐しむ、猶且強て名義を飾つて曰く、普天之下莫レ非二王土一 率土之浜莫レ非二王臣一 嗚呼薩賊五倫を滅し三綱を斁(やぶ)り、今上陛下の初政をして保平の板蕩に超へしむ、其罪何ぞ問はざるを得んや。

右の諸件に因て観之は薩賊の所為幼帝を劫制して其邪を済し、以て天下を欺くは莽操(さうく)卓懿(たくい)に勝り、貪残無厭所至残暴を極るは黄巾赤眉に過ぎ、天倫を破壊し旧章を滅絶するは秦政宋偃(しんせいさうえん)に超ゆ、我列藩之を坐視するに不忍、再三再四京師に上奏して万民愁苦、列藩誣冤せらる、状を曲陳すといへども、雲霧擁蔽遂に天闕に達するに由なし、若し唾手以て之を誅鋤(ちうぢよ)せずんば天下何に由てか再び青天白日を見ることを得んや、於是敢て成敗利鈍を不問、奮つて此義挙を唱ふ、凡そ四方の諸藩、貫日の忠、回天の誠を同ふする者あらば、庶幾(こひねがは)くは我列藩の不逮(およばざる)を助け、皇国の為に共に誓て此賊を屠り、以て既に滅するの五倫を興し、既に斁るゝの三綱を振ひ、上は汚朝を一洗し、下は頽俗を一新し、内は百姓の塗炭を救ひ、外は万国の笑侮を絶ち以て、列聖在天の霊を慰め奉るべし、若し尚ほ賊の籠洛中に在て名分大義を不能弁、或は首鼠の両端を抱き、或は助姦党邪の徒あるに於ては軍有定律、不敢赦、凡そ天下の諸藩庶幾くは勇断する所を知るべし。

歎涕和歌集

歎涕和歌集序

いにし安政のころより此のかた、大皇国のために大和ごゝろを尽して、なか〳〵にあらぬ罪に行はれ、あるはひと屋の中に欝悒しく年月をおくりて、遂におひはなたれなどしたる人ゝ、其のかずかぞふるにいとまなきをば、こゝろあらむ誰の人かはあはれと称へ、かなしとは思はざらん。かしこくも今天のしたの大御まつりごと、よろづいにしへのたゞしき道にもとづかせたまふおほん時に、あひたてまつるにつきても、かゝりけむ人ゝらがはやく身をつくし心を尽しゝ功勲なからましやはとさへおぼゆるかたありて、さらにくちをしくもまたうれしうなむ。さるを此のころ、土佐の殿人宮地維宣ぬし、その事のあとをうれたみ、彼の人〻の中に、事につき時にふれて云ひ出でけむことの葉どもの、かつ〴〵ちり残りたるを拾ひ、歎涕和歌集と外題して世に伝へらるゝ事は、せめてその人の霊を慰め、かつは今より後の人のいよいよ皇国のために、赤心を尽さんもとゐにもがなと、物せられたるふかき心しらひにして、尋常の集どものよくと、のひて、おもしろきをむねとえらびたらん物とはいたく事かはりためれば、歌のうへのよしやあしやはおきて、唯そのよみ人らのを〻しき大和だましひを思ふべきにこそ。

慶応三年十二月つごもりがた

平忠秋誌

初篇

十月三日阿部伊予守へ御預に相成候面々終日酒宴を賜うて退散、各詠歌

木枯に吹き立てられし樫の実のはやくも落つる神無月かな　高橋兵部権大輔

馴れぬれば憂しと思ひし獄（ひとや）さへ今は別れとなるぞ悲しき　伊丹蔵人重臣

神無月時雨と共に散るものは紅葉と我とばかりなりけり　山田勘解由時章

わがつみは君の世思ふ真心の深からざりししるしなりけり　頼三樹三郎　醇

天の戸をおし明け方の雲間より出づる日影の曇らずもがな　梅田源次郎定明

月さへもしづ心なく見ゆるかな豊芦原の風さわぐとは　伊丹蔵人重臣

かへし

あしたづの芦間がくれに身をかくし空に思ひの音をのみぞなく　定明

古郷　安嶋帯刀

いかばかり露けかるらん柞原（はゝそはら）草のみ茂る五月雨のころ

立ち出でし宿は葎（むぐら）にとぢぬとも軒端の松は常盤ならまし

玉鉾の道わかぬまで夏草の生ひ茂るともふみは迷はじ

振り捨てゝ出でにし後の撫子にいかなる色の露かおくらん

人ゝの情深くものし給ひにければ

窻近く移せし木ゝの深みどり深き心のいろぞ見えける

いかでかくまめにも人の恵むらんあるにもあらぬ浅ましき身を

花紅葉に寄する

惜しまれて散る花桜散りて後色添ふ紅葉誰にならへん
色香よりめでこそ見ゆれなべて世に惜しまれて散る花の心に
紅葉ばも散りてぞ色は増さりけるなからん後の名こそをしけれ

題しらず

きぬ〴〵の寝覚を問ひて音に鳴くは嬉しきものを山郭公
一声の言伝もがな時鳥薫る雲井に行きかよひして
きぬ〴〵の面影薫る寝覚にも又古郷を思ひやるかな
きぬ〴〵に見えて嬉しき夜はごとの夢も現になすよしもがな
よな〳〵の時うつ鐘や我が思ふ夢路にまもる関にぞありける

述懐

我が思ひ晴れぬ霞が関なれば世に例なき名をもとゞめむ
今更に何をか言はん言はずとも我が真心はしる人ぞ知る

国を愁ひ世を歎きての真心は天にも地にもあに恥ぢめやは
しひて吹く嵐の風のはげしさに何たまるべき草の上の露
誰がためのうき事ぞとは玉くしげ二荒の山の神もしるらん

八月二十三日心にて世を辞したり

武蔵野の露とはかなく消えぬとも世に語りつぐ人もこそあれ
玉の緒の絶ゆともよしや君ゞのかげの守りとならんと思へば
草に置く露の情もあるものをいかにはげしく誘ふ嵐ぞ
無き人の其の言の葉も繰りかへし見る我さへも袖ぬらすかな

吉田寅次郎矩方

獄中作

身はたとひ武蔵の野べに朽ちぬとも止め置かまし日本魂(やまと)
九重の悩む帝をおもほへば手にとる屠蘇も呑みえざるなり

祝二彦助加冠一

けふよりは幼心を打捨てゝ人となりにし道をふめかし

辞世之由　　日下部祐之進

思ひきや雲井の君と諸共に八重の潮路を舟出せんとは

贈二勝野輝郷一　　金子孫二郎

君が為しづむ獄は諸ともに玉の台のこゝちこそすれ

庚申の年二月十八日、家を立ち出でし時、障子に書きし由

君が為世のため尽す真心は二荒の神もみそなはすらん

十寸鏡（ますかゞみ）清き心は玉の緒の絶えてし後ぞ世に知らるべき

同廿八日雨雪、稲田に至りて

君の為ひそみ行く身の旅衣ぬるゝも嬉し春の淡雪

三月朔日山崎楼にて

大丈夫の涙に袖をしぼりつゝ迷ふ旅寝もたゞ国のため

同四日箱根にて

白雪のしばし降りなば我等が身のぬれ衣そゝぐしるしならまし

降りしきる雪ふみ分くる箱根山いとゞ淋しき心地こそすれ

定めなき世にこそありけれ箱根山また越えんとは思ひかけきや

同五日不二川にて

武士の鏡なりけり駿河なるするどき川の清き流れは

同八日熱田にて

氏神のためしのまにま剣もて醜のしこ草なぎ払はゞや

同九日四日市に至り、そゞろなる事にて、坂口氏の手に捕へられ

潜み来し濡るゝが上のぬれ衣たへ忍びにもいなんとぞ思ふ

同十三日坂口大坂に行き、帰り来て、伴ひゆかんとて参りければ

いたづらに迷ふも伏見の旅心はやもとのまゝおとづれもがな

安政六のとし五月中比、君の御為せつに思ひこめて

かへせとの君がみことは梓弓世を引きかへす事にぞあるらし

下りつる世を引き返す梓弓いと勇ましき旅衣かな
ふり頻る雪になか〳〵埋もれで夜はにみどりの深き筑波根
紅葉々の幾重が下に埋むとも染めにし色はえこそかはらじ

豊後の佐伯と云ふ所に流さる丶と聞きてよめる　高橋多一郎

漕ぎ出づる船の行衛も白浪のいつしか浦に春をむかへむ

国を立ち出づる時、障子に書き附け丶るよし

鶏が鳴く東たけをの真心は鹿嶋の神のあなたぞと知る

題知らず　野村彝之助

ともすれば月の影のみ恋しくて心は空になりまさりつ丶

物おもひける時、子規を聞きてよめる

世を忍ぶともならなくに時鳥初音床しき夜はの一声

大和錦　佐野竹之介

天照らす　神の宮居は　神さびて　伊勢津に引ける　御車の　大和錦に　織りなせる
其の古の　御旗をば　五月蠅(さばへ)なす　心もくろき　えみしらを　撫で丶近寄せ　穢し

つゝ すめらみ国の 雲井迄 おのがまに〳〵 蹈みあらし 弥生半ばの 事なれば
金の光に 真心も 皆うか〳〵と なづみつゝ 大宮人の 身ながらに 五月蠅な
しぬる 憂き事を 雲の上迄 曇らせて 赤き心の 宮人を 捕へ尽して 東路に
囲み下して 武蔵なる 獄屋の内に ひそめらる 御国の為と 尽しぬる 真心深き
人ゝを 猶あしざまに とりなして 罪なき罪に 罪なして 親の罪とて うま子
迄 遠き島根に ながしけん なほ春雨に そぼぬるゝ 鶯ならで 我が袖に 落つ
る涙は かわかねど 露打払ひ 大丈夫が 心のたけを 取りなほし 大浦波と 生
ひ茂る 八重の葎を なぎ尽し 錦の御旗 春風に 吹きなびかせて 梓弓 引きし
ぼりつゝ えみしらを 千里の海に 退けて 猶日の本に 千万の えみしの国を
うちなびかせん
敷島の錦の御旗もち捧げすめら御軍（みいくさ）の魁やせむ
八重葎茂りて道も分かねどもさげ佩く太刀に薙ぎ尽さまし
東路の草屋に住める賤が身を雲井の内に捧げまつらん
桜田の花とかばねはさらすともなに撓むべき日本魂

国を立ち出でし時、高橋へ送りける

我が恋は人にいはれぬしのぶ草心の丈はきみにしらせて

杉山弥一郎

赤心報国に

身を捨てゝ君に捧ぐる男かな

今更に云ふ甲斐もなき日の本の仇敵なりし異国の船

武蔵野にいつか咲くらん山桜今日のあらしに散りし武士

森　五六郎

一筋に思ひ初めけん唐錦打ちてくだくる名のみなりけり

有村次左衛門

忠　孝

君が為尽す心は武蔵野の野辺の草葉の露と散るとも

古郷の花を見捨てゝ迷ふ身は都の春を思ふばかりに

皇孫（すめみま）の御為を祈る壮夫雄（ますらを）の矢猛心のとほらざらめや

木村権之右衛門

玉くしげ蓋にかくるゝ十寸鏡（ますかゞみ）明けてや見せん清き光りを

思ふことなす野の原の若草は摘まれながらに萌え出づるかな

吾妻にて都の花を思ひて　斎藤監物

ならはしの吉野の桜いかならん東の花は今さかりなり

題しらず　森山繁之輔

君の為思ひ残さず武士のなき人かずに入るぞうれしき

獄中雑詠　関　鉄之介

よそめにも憂しと思ひし獄さへ今は身を置く世となりにけり

枯れ残る薄に風の音立て、一むらすぐる小夜時雨かな

同じく獄に囚はれてありける弟なる平沢秀武が許へ、よみて遣しける

めぐりあひて姿は見えねど声添へてこは又いかにかくる涙ぞ

露の身も草の獄に起臥の見むことかたき世となりにけり

師走の中の八日になんありける

埋もれての色こそ見えね梅が香は雪の中にもしるき心か

いつかはや片敷く袖に通はせて梅が色香も我がものにせん
香ぐはしき名のみ残らば散る花の露は消ゆとも嬉しからまし
寒けさに夜半の時雨ぞ知られける片敷く袖の露こほるまで

隣獄なる二葉楼のもとより、「寒けさも露の褌に音信れて夜嵐立ちぬ時雨くるらし」と云ひおこせたりし返しとて

夜や更けぬ風や立ちぬのおきふしにいかゞ時雨るゝきみが袂は

世の中は「端山木立の繁ければ」といへる返しとてよめる

繁山の世にはしげるも月影の打出づるにはさはらざりけり
思ひきや幾夜旅寝の夢をさへあはれ獄の中に見んとは

師走の中の八日夜半ばかりに、雨の降り過ぎければ、夢さめてよめる

聞レ雁思レ都

雨や降る雁や渡ると寝覚して都もかくや夜半の淋しき

露　蓮

濁らじの名のみ残らば蓮葉の玉は消ゆとも恨みなからん

飼木に貯へし水に影の写るを見てよめる

写し見る甲斐やなからん水鏡影のやつれの世に習ひつゝ

身もかくて捨てばやと思ふ思ひきや又来む春の花を見んとは

君が世を思ふ心は赤沼の水の底しる人やくむらん

梓弓引きこそかへれ国の為思ひ入るべき獄ならぬに

赤沼や水の濁りにすむ月の清きこゝろをくむ人ぞなき

同じひとやなる秋山うしの、夢さめて父を思ふ哥よみてわたりければ、返しの心をよめる

たらちねを思ふ寝覚やいかならん雁鳴き渡る有明の月

玉章にことづてなくて夜な〳〵の夢路に帰る天つ雁がね

廿日余り四日といへる夜の明けがた近くよめる

かくてしも世に有明の袂ぞと思へば思ひぬるゝ月かげ

同廿四日の朝よめる

明けつ暮れつ下り行く世を小車の心細くも繰り返しつゝ

暁近く、宮居の鐘の音の風のまに〳〵響き渡りければ、心悦びてよめる。晦日の夜

いつもかく嬉しきものか東照る神の宮居の暁の鐘

歳　暮

めぐるべき春の光りを頼みにて年の限りは歎かずもがな

一年(ひとゝせ)は今宵限りと思ふより心静かに夜をすごさばや

隣獄なる今泉子のもとより、「世の中のうきてふうきに引きかへて心しづけき年の暮かな」と云ひおこせし

同じ心をよめる

妻や子の頼みも今は絶えはてゝあまりわびしき歳の暮かな

起きて歎きいねては忍ぶ心より家を思ふのひまなかりけり

繰り返し甲斐もありてや常陸帯かごとばかりの逢ふよしもがな

越後にて囚はれけるより古郷に返るまで、道すがらの口すさ

びに、よみ侍りし哥をも書き付け侍る

捨てゝ甲斐あるかなきかは白雲のかゝる思ひのきえぬ身にして

野沢暁発

縄手道夜寒の霜のあととへば結ぶ氷の解けもやらずや

某ぬしの恵みに詠ずるとて、於二会津の城下一

枯れ残る冬の日影の草葉にも露の情はある世なりけり

白川なる旅のやどりにて、時雨をよめる

ぬる間にもいたく時雨の誘ひ来てさめてはつらき世にもあるかな

縄目に逢ひて、瑞龍山の麓を過ぐる比、謹みてよめる

濡衣の幾重かさなるおのが身をあはれと君はしろしめさずや

太田村に至り、親しき友どちに、よみて頼み遣しける

思ひやることゝは知らで児心に親の音信いかに待つらん

旅路へしつゞれもいつか身の上の塵となるまで朽ち果てなまし

十寸鏡ちりはおくとも曇らじの光りに帰れ大丈夫のとも

秋山子が囚となりしに、辛酉の秋九月にてありければ、菊の花画きたるをもて、余にうたよみてよといはれければ、よみて書き付け丶る

誰しらん枯野の菊の花よりも捧げし君の深き色香を

壬戌のとし元旦の朝、雪降りければ、

述　懐

梓弓春ともしらで白雪の二人獄やにいるぞ悲しき

従レ是はし書略す

あはれさの包み余るや我が袖に何を頼みの春のゆふかぜ

垂れこめて出づるも入るもわかぬ身を何誘ふらん春風の吹く

梅の花何隔つらん春風の吹きこそ渡れ雪と見ゆるに

朝な〳〵長閑顔にも声立て丶おのが春とや鶯の鳴く

思ひきや朽ちも果なき梓弓春の日影の風誘ふとは

色も香も霞こめにし梢より崩れてもろき花の下露

長閑さを語らふどちも有明の花のかげゆく雁の一行(ひとつら)

なべて世の梅の色香やみちぬらん我をも誘へ谷の鶯

思ひいる獄ならねば梓弓弦引きしめてひきもかへらむ

二月や初の八日に仰ぐなり茜さす日の清き御影を

三年迄かゝるつゞれの旅衣ぬぎもやられぬ身の行衛かな

梓弓弦引しめて思ふより弓手のたゆむ心地こそせね

すみの江のむすぶ氷にあらねども解けぬ思ひは我のみぞする

此の比は身もさむしろに臥しなれて夢に隅田の花を見るかな

梅が香の匂ふかたをや慕ふらんけふ鶯の過ぎがてに鳴く

三芳野の花の盛りと思ひ寝の夢長閑なる春のあけぼの

尋ぬべき人も嵐のゆふべには花の名残を猶惜しみつゝ

けふよりは野も若草の萌えぬらん音静かなる雨の降れゝば

花とちり雪と消えにし跡とへば早三回り(みかへ)の春立ちにけり

いかに〳〵奈良の都の山桜ながめしは身の昔なりけり

燕さへ妻なれ顔に飛び交ひぬあはれ浮世のことづてもがな
をやみなきふるの軒端の雨の日にかよふ燕はこゝろありけり
降りかゝる花の木蔭に安居して今を昔にかたりいでなむ
世の憂さをよそになさずも武士の花に慰む比やあるらん
人問はば先づよるかげの草葉にも露の恵みはある世なりきと
すみれ咲く交野(かたの)の春の夕雲雀しらぬ雲井に何かこつらん
あはれ我が世にある時は何をしてなき後の世に名をや残さん

細谷忠斎

尊王攘夷を本とし、皇国の元気鼓舞する草藩の有志へ贈る言の葉にしるし送りなん

咲き出でゝとく散るものは大君のうきを慰む花にぞありける
大君のうきつ心はいかならんおろかなる身も絶えまなければ
梅の花見るに心は慰までおのが咲き出る事のみぞ思ふ
散る時はしばしが程の早けれど同じ枝に咲く山桜かな

二篇

今さらに何をか云はん大丈夫の思ひ射る矢の心たゝねば
通称哲次郎　野口正安　二十九歳

愚かなる我にしあれば国の為つくせし事も仇とこそなれ
通称彦五郎　大津之綱　二十四歳

国の為契りし事も散り〴〵にさそふうき世の風はうらめし
通称信之介　武田明徳　二十歳

死ぬるとも何か恨みん今日迄も存命（ながらふ）るとは思はざりけり
富永義達　五十三歳

はづかしと思ふ心はしら露の消えても残れ武士の道

死ぬる身は更に惜しまず思ふ事とげぬことこそ恨みなりけれ

興野都栄　二十三歳

心あらばしばし待たなん桜花我も憂き世の風に堪へねば

大高佑武　二十四歳

咲きて散る花こそ惜しめ玉の緒の絶えなん事はさもあらばあれ

天地の鏡にかけし真心は世になき後の世ぞ知るべき

生田目渉　三十三歳

死ぬる身は更に惜しまず夷(えみし)らを討たぬばかりぞ恨みなりける

服部経秀　十九歳

身まからば夷が船に軻遇突智(かぐつち)の霊(みたま)うけえてあらび出でなん

岡崎維彰　三十四歳

思ひつる魄はとほさで梓弓ひとやの内に入るぞくやしき

思を述ぶ

鳴神のをたけびなして横浜にすだく夷をいつか払はん

水鶏を聞きよめる

終夜（よもすがら）罪をくひなはたゝけども獄の戸をぞあくるよしなし

時鳥を待つ心をよめる長歌

郭公　待てど来鳴かぬ　獄には　けがらはしやと　罪人は　うとましとにや　我が心　きたなしとてや　我が友は　みやびなしとや　時鳥　待てば来鳴かぬ　時すぐるまで

寄二郭公一述懐　　　生田目渉

いらましと思ふ深山を時鳥いかでうき世に出でゝ鳴くらん
郭公なれもうしとや此のごろは浮世の空に鳴きわたるかな
過ぎがてに獄のうちのいぶせさを慰めんとや鳴く郭公

岡崎維彰

さひづるや　唐国人の　さかしらか　誠かしらぬ　君のため　かたきの国に　使すと　行きてし臣が　捕はれて　北の海辺の　人住まぬ　遠き境に　やらはれて　幾年月を　ふるゆきに　飢をたすかり　うきふしを　慰めがてら　古衣　なれて飼ひおける

羊毛の　筆のすさびに　故由(ゆゑよし)を　書いつゞろひて　古郷の　雲井に通ふ　雁(かりがね)に　伝へにしかば　十あまり　九かへりの　年月を　過ぎにし憂さも　いやかたき　臣の操も　あらはれて　本つ都に　つゝがなく　かへされにきと　昔より　いひぞ伝ふる　いでや我が　思ふ友どち　皇国振(みくにぶり)　衰へ行くを　嘆く余り　あるはいきまき　たよわきが　のきはしうるけき　心のかぎり　せしわざの　いまだとげなくに　みとがめを　思ひの外に　蒙りて　獄の中に　日をあまた　五月の雨に　いぶせさの　晴るゝ間ぞなき　うれたさの　やるかたぞなき　斯くて又　罪なはれなば　亡き魂は　天翔りても　御門辺を　守らざらめや　心あらば　やよ時鳥　幾年か　馴れて聞きつる　我が為に　露も曇らぬ　真心を　雲の上まで　きこえあげなん

短　哥

世の事は絶えて聞えぬ獄にもおとなふものは山郭公

思を述ぶる　　生田目渉

五月蠅なす夷があらびます鏡見る影もなき世の姿かな
鎌倉の土の獄のうれたさも思ひやられてぬるゝ袖かな

同　　　　　　　　　　　　　　　　大高佑武

住みなれし獄の内は何かあらん哀れ道なき世こそつらけれ

同　　　　　　　　　　　　　　　　興野都栄

君のためあだし夷を払はずば存命（ながら）へぬべき心地こそせね

五月五日　　　　　　　　　　　　　生田目渉

世の中はいやうきことのますらをのいつ迄仇に袖ぬらすらん

同　　　　　　　　　　　　　　　　岡崎維彰

軒ごとに今日はふくてふあやめ草言の葉にのみ聞くぞ悲しき

今日といへば宮も藁屋も軒にふくあやめもわかぬ世にぞありける

楳　雨　　　　　　　　　　　　　　服部経秀

五月雨の降る江の水のいやましに濁りのみ行く世をいかにせん

同　　　　　　　　　　　　　　　　富永義達

五月雨の晴るゝ日はあれど世を思ふ我が衣手の乾くまもなし

月澄みければよめる十六夜

五月雨の晴れて隈なく照る月を見るにつけても袖は濡れけり　岡崎維彰

めづるまも涙に曇る恨みあれや我が玉の緒のみじか夜の月

初聞レ蟬

うれたさにわも諸共になかれけり仇し夷をうつ蟬の声　生田目渉

同述レ思

うれたしな仇し夷を空蟬のむなしきからとなくてある身は　岡崎維彰

廿四日夜有下告リ二彗グル星見ハルトニ於天一者上。慨嘆シテ賦ス二一絶ヲ一

うき事の山と積りし世の塵をとく払へとの星の名にこそ　野口正安

同

久かたの雲井に出でしはうき星うき世のちりを払ひ捨てよと

みいさをは千代にとゞめて湊川月日とゝもにつきぬ石碑いしぶみ　岡崎維彰

夷船おふ風出だしふくめれば時にあふぎの名ぞたのもしき

ぬば玉のあやめもわかぬ世の中をうち忘れても囲む石かな

獄の辺、草いたく茂るを見て　　大高佑武

庭草の茂れる上に置く露ははかなく消ゆる我が身なりけり

述レ思　　大津之綱

罪人の見ん事かたき世の様を思ひやりつゝぬるゝ袖かな

同　　武田明徳

こゝろなき童をだにも夷らを悪むこゝろのありと知らずや

同　　興野都栄

かねてよりかゝるうき名は知りながら君の御為に尽す真心

同　　岡崎維彰

愚かなる身にも愚かは知られけりいとはしき世に迷ふ愚かさ

唐歌にこたへて、野口主に贈りける長歌并短歌

天地の　わからざる　ことわりぞ　あやにたのしき　天地の　中に生れ出づる　物皆の　ありのまに〱　いさゝめも　すつる事なく　しひて又　求むともなく　月花に　心をうつし　鳥虫に　思ひをはるけ　色あるは　見らくめでたく　声あれば　聞かくあはれに　何となく　あはれ〱と　うたふなる　其の趣は　唐国も　皇国もおなじ　古も　今もかはらじ　何事も　神に任せて　すなほなる　心合ひたる　友がきの　隔てぬ中は　なか〱に　時につけたる　言の葉の　あやのみひとり　異る事も　又一入の　すさびにて　世に面白き　節にこそあれ

短　歌

おのづからあへる心は天地と共につきせぬ親好なりけり

偶　成　　生田日渉

罪を得る我とはしらで群雀馴れて獄の軒にすむなり

夏果つる日よみける　　岡崎維彰

禍津毘の霊なごしの祓さへするよしもなき身を如何にせん

大国を汚す夷をきためずて六月祓するもあへなし

蛍

沢の辺の蛍ならねど徒に心に身をも焦す我かな　生田目渉

聞二秋虫一

草茂きすごき獄に夜もすがら哀れあな憂の虫の声かな　岡崎維彰

同

いとゞ猶故郷人を忍べとや夜もすがら鳴く虫の声々　大高佑武

同

石の上古き昔の忍ばれて終夜きく虫のこゑ〴〵　生田目渉

同

石の上故郷思ひ小夜すがら哀れを添ふる虫の声かな　興野都栄

同

夜もすがら古里人の忍ばれて衣手ぬらす虫の声かな　武田明徳

庚申八月十五夜

月見れば去年の今宵のいとゞ猶思ひやられてぬるゝ袖かな　大高佑武

九月五日、富永・大高の二人、事の由正さる、とて、縄取り
つけられて出づるを見て

岡崎維彰

ともすれば人をつらしと思ふかな罪深き身と知らずはあらねど

九月九日

家人の便りをきくの花もがなせめては今日を祝ふしるしに

菊の花手折るにつけて今日は猶吾妹（わぎも）が袖の露けかるらん

生田目渉

今日といへば皆うま酒に祝ふてふ事をしきくの花もなきかな

初聞レ雁

此の頃の寒さ身にしむ夕風に衣かりがね鳴きわたるかな

岡崎維彰

九月十三夜

十あまりみつれば虧くる習ひなれば今宵の月はめづべかりけり

九月十四日、大津氏有リテレ故再ビ絶食ス。余不レ堪二悲嘆ニ一。賦シテ二小詩ヲ一以テ唫ジテ贈ルト云フ

嘆二君宿志一無レ伸。空学二首陽山下人一。吾也因循機豈失。不レ追二霊鬼甦一横浜一。

同じくうたひてきこえける　　岡崎維彰

みにへには夷はふりてあはれ〳〵君が霊はわれまつりてん

同　　大高佑武

頓（やが）て我追しかめども死出の山しばし後るゝ事ぞ悲しき

同　　武田明徳

君なくも討たではおかじ夷らを我先駈けて死なんとぞ思ふ

同　　興野都栄

君が行く死手の山路は知らねども千草踏み分け尋ね行かまし

同　　生田目渉

我もまた身にうき事のあらざらん二世の外にいなんとぞ思ふ

世の様ゝ替り行くを歎く余り、野口主に贈りける一首

梓弓張りし心はたゆまねど下り行く世を如何にせん君　　岡崎維彰

飢ゑてさへ死ぬ人さへもうす肴あらましかばと思ひけるかな　大津之綱

身まかりなんとしける時、岡崎維彰に送るとてうたひける

手をとりて語らんばかり近けれどなど面影の見えずあるらん　岡崎維彰

返　し

言の葉を聞きて忍ぶも今ははやいくかもあらずなりにけるかな　大津之綱

辞世。十月三日夕五ツ時

おもひきや心のはしの一事もなさで浮世を今捨てんとは

夷らを討たで止むべきなき霊は七度かへり焼討にせん　岡崎維彰

評定所に出づる時よめる

見つ聞きつさぞ父母の歎くらんいましめ縄のかゝるすがたを

同じかへさに紅葉の散るを見て

幾千しほ染めにし色も徒に散るか嵐にたへぬ紅葉々

虫の音いと淋しければ　野口正安

霜むすぶ野辺の千草のうら枯れて消ゆるばかりの虫の声かな

此の頃頻りに母の上を思ひければ　　岡崎維彰

草づゝみ病を重み臥しいます老いたる母を見ぬぞ悲しき

三月三日四日五日雪降る。細川侯の邸に在りて、夕空晴れて

月影のさしけるを見て　　蓮田市五郎

降りつもる思ひの雪の晴れて今仰ぐも嬉し春の夜の月

隅田川の花いと盛りにて、人々見に出づる由を聞きて

諸人の花見る様に引きかへて嵐待つ間の身ぞ哀れなる

頃日死に就く事よと思へば、辞世の歌詠み侍る

色香をば芳野の奥にとゞめおきて惜しまずに散る山桜かな

花の為深く染めにし色香をば散りなん後ぞ猶匂ふらん

母を思ひて

垂乳女に又逢坂の関なくばぬるまも夢に恋ひぬ夜ぞなき

哀れなり昼はひねもす夜もすがら胸に絶えせぬ母の面影

守る人の桜の花一枝折りて渡しけるに

守人の哀れみなくば此の春は馴れし桜もいかでながめん

寄二落花一述懐

急がねどいつか嵐の誘ひ来て心せはしく散る桜かな　長藩の婦人

兄の京師に去るに詠みて贈る

五月雨の晴れて都の大空に音を高くなく山郭公　真木和泉守の娘

父の首途によめる

梓弓春は来にけり武士の花咲く世とはなりにけるかな　真木和泉

百敷の軒のしのぶにたよりつゝ露の心を君に見せばや

今上皇帝

あじきなや又あじきなや葦原の頼む甲斐なき武蔵野の原

朝な夕な民やすかれと思ふ身の心にかゝる異国の船

鉾とりて守れ宮人九重の御階（みはし）の桜風さわぐなり

和宮様

惜しからじ君と民との為ならば身は武蔵野の露と消ゆとも

人皆の心の限り尽しての後こそ吹かめ伊勢の神風

姉小路少将様

古に吹きかへすべき神風をしらで蛭子（ひるこ）ら何さわぐらん

大橋順蔵が妻巻子

姫宮の下らせ給ふを悲しみてよめる歌

かけまくも　かしこけれども　八隅（やすみ）しゝ　我が大君の　高光る　其の姫御子の　いかさまに　おもほしめせか　九重の　都をおきて　天ざかる　東の国を　常宮と　定めまつらす　あらましを　聞くもうれたき　御門出を　思へばゆゝし　ぬば玉の　夜の間の夢は　うつゆふの　現にはあらじ　さりともと　うらたのみてし　かひもなくきのふにけふに　諸人の　世にかたりつぎ　いひつぐを　きけば誠か　唐土の　鏡の影を　うらみつゝ　古き都を　立ち出でけん　其の古も　今更に　思ひこそやれ　しかはあれど　夫は異国　かしこくも　この安国は　すべらぎの　しらす御国と　神代

より　かゝるためしは　なよ竹の　世はすゑなれや　まがつびの　神のしわざの　お
よづれの　まが事とかも　村肝の　心を痛み　夜昼に　時も定めず　久かたの　天津
みそらを　打仰ぎ　嘆くをきその　狭霧さへ　みつるをりしも　くもり日の影

反　歌

かしこしな雲井をよそに立ち出で丶木曾の荒山越えまさんとは
かしこくもけふ九重の御門出をなげかざらめや万民草

陳　志　　宇津宮之人手塚強介草臣

縦ひ名はなるもならぬも世の中に斯くて空しく止まんものかは

右扇子にかけるを見て、取りあへず　　母

勝る汝が勤むる業の撓まずば終にその名は四方にみつべき

弥生ばかり花見に誘はれければ　　草臣

御心のまに〳〵　天皇のいでまして花見そなはす時になりなば

古寺の花といふ事を

初瀬山花の盛りぞ古の墓はれぬるは行幸なりけり

思ひを述ぶるといふ事を

絶えて世に望なき身は　天皇に君がつかへん事をのみこそ　妻

妻によみておくる

万世の人の鏡となるひとの妻をたのみの鏡とはせよ　草臣

返

我もまた誓ひ曇らぬ心もて其のよき人を鏡とやせん　妻

思ふ旨ありて

ひたまもり今は守らぬことしあらば塵に芥にならん此の身を　草臣

身の中に赤き心の外はなしくりにしぬともくろむべしやは

思ふふしありて草臣へおくる

女にこそあれ我も行くべき道を行きて倭心は劣らぬものを　母

しき嶋の道は一つを女なりとて何劣らめややまと魂

夫によみて贈る

国の為尽す吾夫の真心をいかに此の身も仇に果つべき　妻

草臣

大君の御心おきん時はいつ四方の海辺は波さわぐなり

しづたまき数ならぬ身も時を待ちて君がみ為にならむとぞ思ふ

大君のうきに我が身をくらぶれば旅寝の袖の露はものかは

母

立返る葦辺はあれど仇波の逆巻く灘を如何やはする

返

草臣

古の世にし帰らば仇波の逆巻く灘も何かいとはん

世の中を長閑けき春にあはせんと散るは紅葉の心なりけり

散ればこそわけて紅葉のめでたけれ散らずばいつか春にあふべき

母

紅に深く匂へる紅葉々は散りての後ぞ世にも栄ふる

草臣

親の親のうけし恵みを大君に報いまつらん時は来にけり

国の為世の為なればいかにせん親を思はぬ人しなけれど　　は丶
花咲かん春を妨ぐ醜草の根よりぞ先にかるべかりける
別れに望みてよめる
斯くぞとはおもひ定めし事ながらさすがにうきは別れなりけり　　草臣
別れうき習ひはあれど大丈夫のしのぶも国のみ為なりけり　　母
劒太刀いよ丶とぎつ丶大丈夫の清きいさを丶後に知られよ　　妻
何事も女々しく何かたゆたはんますら男の妻となる身は
夫におくる
白雲の里をば八重に隔つとも心のあふぞたのしかりける　　同
大丈夫はますら男と知る吾は清き心を君にみが丶ん
草臣の東にありける時、贈りける　　母

八百万の神もあはれと見ますらん国に尽せる赤き心を

天皇に身を捧げんと思へども世に甲斐なきは女なりけり

草臣

東の官吏に囚となり、東へ出づる時、石橋の駅にてよみ、妻におくる

別れては又逢ふことは片糸のよるべなき身となりにけるかな

返

妻

別れては又逢ふ事は片糸のよるべなき身と聞くぞ悲しき

は、

梓弓岩をも通す心してますら猛男のおもひたわむな

五十年(いそとせ)をあだに暮してなまよみの甲斐なきものは女なりけり

母

弥生の末、思ふことありて東に至りけるに、草臣の病に臥して枕も得上らずと聞き侍り、よみて贈る長歌

村雲のわかるゝまゝに　ふる郷を　立ち出でつゝも　道芝の　道踏み分けて　旅衣　露けき袖を　折たよく　はる〴〵来ぬる　鳥が鳴く　東の里に　ありぞとは　かねては知れど　いかにせん　獄の中に　とらはれて　掟きびしく　関の戸を　守る人ゝの多ければ　兎にも角にも　飛ぶ鳥の　翼のなければ　すべもなく　長き春日をつれ〴〵と　草の枕の　露しげく　夜は夢さへ　結ばぬを　久米のわくごの　はたすゝき　穂にも出さず　いかりづな　苦しき事は　我ならで　おみこそ勝れ　斯くばかり　正しき心　持ちながら　海士の苫や　焼く塩の　からき憂目に　あはんとは夫のみならず　今はしも　重き病に　臥しながら　仇なる人を　頼みとし　心強くも　梓弓　たけき心の　大丈夫は　名の惜しけくも　劒太刀　とぎし心は　人も知るなにはの事も　津の国の　遠のみ祖（おや）の　大君の　み為にあれば　ふる事も　伝へ聞きにし　上人の　過ぎし昔を　思ひつゝ　呉竹の世に　うきふしの　憂きをも何か　忍ばざらめや

反　歌

古もかゝる歎きは有磯海の浜の真砂の数しらぬまで

弥生晦日の日、古郷の妻より草臣へ贈る　妻

なまよみの甲斐なき身とてなか〳〵にたてし心の何撓むべき

何事も皆大君のみ為ぞと思へば何か憂きも憂からん

故郷に贈る　草臣

いねがてに夜は夢さへ結ばねば古郷人を見るよしもなし

返　妻カ

故郷は夜な〳〵夢は結べども面影だにもとめぬきみかな

東へ贈る　母カ

利鎌もて刈るともたえず芦原の道を妨ぐ鬼の醜ぐさ

東より母へ贈る長歌　草臣

高光る　我が日本は　日の神の　御詔のらせて　天孫（あめみま）の　み神の日嗣　受けまつり
久しき時ゆ　天地の　そぎへのきはみ　谷ぐゝの　さ渡る限り　大皇の　皆しろし食
す　国と聞く　あなうれたきや　醜臣の　くなたぶれらが　ありいでゝ　詔をば
捨てゝ曲げつ　御政ごとは　おしみだり　み忌ませ給ふ　夷らが　言ひうべなひて

夷らを　只ひた向きに　取りはやし　しかのみならず　浅ましや　国の博士にこ
と、はせ　古事文を　まさぐりて　高しりいます　大皇の　高御位も　おろさんと
たくみし事の　おもほえず　神のみゆるし　給はねば　大丈夫男の　聞きいで、　身
は低くかれど　いや高き　思ひを起す　ひとふしに　身は囚はれと　なりつ、も　遠
きみ祖の　大君に　報いまつらん　玉の緒は　たとへ獄に　たゆるとも　其の真心は
天地に　ます神ゝも　いかゞして　見捨て給はん　いつしかに　大御心の　みやす
みて　まけのまに〳〵　浦安の　国の名におふ　いにしへの　めでたき御世に　かへ
りなば　その名は四方に　いちじるく　我にをしへも　あらはれて　を、しき勲　立
てぬきに　道は様ゝ　多からめ　吾が敷島の　道として　倭心と　言ふにぞありける

母ヵ

返　歌

世の人の鏡にはせよ国の為ますら心の曇りなき身は

露の身はたとへ消ゆとも芦原の国にとゞめよ倭だましひ

野州河内郡宇津宮寺町

玉屋と云ふ　手塚藤兵衛

已に死す　妻　おます
獄中死す　養子
同　強　介
妻　おみつ

三　篇

不知火の筑紫人
元治元子年七月廿日死　平野次郎国臣

筑紫の君にものして奉りけるおくに
数ならぬ草の下葉のうへにおく露のまことをあはれとも見よ

薩摩の殿へよみて奉りける
ふねとなり轅(ながえ)となりてすめろぎにつかへまつらせ大丈夫の君

隼人の薩摩の国の名にめでゝはやくも事をはたしませ君

島津ノ和泉といふ人に英断録ものしけるおくに

春ならでまづ咲く梅の一枝のまだき色香はしる人ぞしる

島津和泉、勅使をうながして吾妻に下りける時

さそひ出でし桜島根の春風にみやこの花もにほひそめてき

辛酉の冬、薩摩にゆきける時

一筋におもふまことのかよはめや薩摩の関はよし閉ざすとも

もろこしの鳥のそらねにあらねどもはかるは同じ薩摩路の関

壬戌の卯月、みかどにもの奉りけるとき

天津風吹けや錦のはたの手に靡びかぬ草はあらじとぞおもふ

大和伊勢　行幸仰出され、供奉のみことのりうけ給はりて

さゝらがた錦のみ旗なびけやとわが待つことも久しかりけり

春秋のみゆきもたえていたづらに匂ふみやこの花紅葉かな

かたよりによりたる糸のうちはへてみだれんとこそ世はなりにけれ

小倉山もみぢは色もかはらねど行幸はたえてなき世なりけり
冬がれし嵯峨野をわくる人もなし御狩のすゞの音たえしより
高くあらばたが手ふれんにおのづからおちて焚かるゝ浜の松ぐり
たま〳〵に窓より見ゆるものもたゞゆるしをまつのひと木なりけり
夜あらしにいたく落葉のつもりけりまつもや秋はのがれざるらん
獄出でん限りをいつと知らねども月日のたつは嬉しかりけり
右に臥し左にかふる枕さへあきはつるまで夜はのびにけり
月花に人のこゝろをなぐさむも御代豊かなるうへにぞあるべき
弓は折れ太刀は砕けて身は疲れ息つきあへず死なば死ぬべし
数ならぬ身にはあれども願はくは錦の旗のもとに死にてん
青雲のむかぶすきはみすめろぎのみはたかゞやく御代となしてん
大内のさまをおもへばこれやこの身のわびしさはものゝ数かは
桐に遊ぶ鳥のこゝろは草にふし軒に住むものいかでしるべき
露じもや雪をしのぎて初春におくれぬ梅の花もこそ咲け

薩摩人におこす

天地も動けとおもふ真心にあに薩人のおどろかめやも

月照と共に薩摩に行きけるとき

野間の関ゆるさでこよひ薩摩潟寄るべを波のうき枕かな

生野を出でけるとき

我がいのちあらん限りはいつまでもなほ大君のために尽さん

生野山まだ木枯もさそはぬにあだし紅葉はちり〴〵にして

いまさらに我が身惜しとはおもはねど心にかゝる君が世のすゑ

豊岡より姫路にわたさる、とて、網乗物にあまた守りの士にうちかこまれて、森垣を過ぎけるとき

いさぎよく消えはてもせず露のいのち残り生野の身こそつらけれ

姫路にて盗人と共に召籠められて、いとはしたなめられ、はづかしめられ、人々え堪へかねて、口々にうらみ言いひけるとき

菰着てもむしろに寝ても大丈夫のやまとだましひなにけがるべき

京に送られける時、淀川堤にて

このたびはわきて身にしむ心地せりまだ春寒し淀の川風

浅ましや身は松にしもあら縄のいく重にかゝる蔦かづらかな

いかならん身の行末はしらねども今日はみやこにまづ着きにけり

雅義ぬしの許へ、或人よりみそかにことづておこしける日、雅義にかはりて

待つとしもあらぬ獄にほとゝぎすうら珍しき今朝の音づれ

慰めんとせしはなか〳〵御心を悩ます種となりにけるかな

豊岡にて囚屋ながらに、春を迎へて

白雪はふる年ながらとぢられて春ともわかぬ春は来にけり

大内の山辺の霞吹きはらひ花にほはせん春風もがな

君が世の春のめぐみしあまねくばかもの桜も花や匂はむ

大鳥居某、久留米の追捕にかゝりて、自殺しけるを弔ふとて

誘ふともしばしこたへてあるべきを嵐にあへず散るさくらかな

伏見にて死しける薩摩の人々の墓に詣でて

仇なりと人はいふとも山桜ちるこそ花のまことなりけれ

筑紫の水田てふ所に、真木保臣おしこめられけるを、ひそかにとひわたりけるとき、音楽に事よせていひよりける

四つの緒のことのしらべの音にめでゝきこえまほしくかねてしのびつ

筑紫にて、獄にありけるとき、ある人の許より「たぐひなき声に鳴くなる鶯の籠にすむ憂目見る世なりけり」といひこしける返し

おのづから鳴けばぞ籠にもかはれぬる大蔵谷のうぐひすの声

君が世のやすけかりなばかねてより身は花守となりなんものを

大丈夫のつくすまことの大方は百世の後や人に知られん

歎きてもあまりある世を明日しらぬ人の心のうらやましさや

とめてだに住む人あれば山の奥の身はかくれ家とおもひてをらん

かくれ家とおもひかへても住むべきをうき世のことを聞きたきやなぞ
神風をなに疑はん桜田の花さく春の雪を見るにも
ところがら名におもしろき桜田の火ばなにまじる春の淡雪

京の獄にて
あしたづの翼いためてこゝにあれど雲井を恋ひぬ日はなかりけり
花瓶に折りてさゝれし山桜散らぬばかりのけふの身の上

与力同心など数多して、生野の事の始末とひけるついでに、
梅の花こひけるときよみて出しける
こゝろあらば春のしるしに人知れずひとやにおこせ梅の一枝

和州ノ人 伴林六郎光平
元治元子年二月十八日死

いぶせきひとやの内ながら、此のごろ梅のはつ花を折らせて
御覧ずと聞き、いと〳〵うらやましくて
梅の花いろをも香をもしる人のなしとしればやつれなかるらん
此のごろの風のたよりをしるべにてこゝにも通へねやの梅が香

といひおこしけるかへし　　国臣

いかに吹く風や隣りに伝へけんひとやのうちにひめし梅が香

又桜をこひえて鋺(まり)にさす

咲くやけふ鋺の水にさす花のはつかに春のしるしをぞ見る

山桜見るにつけても大内の花をしぞ思ふ春雨のそら

きさらぎ十六日、大和にて事挙げしたりし人〻、首はねられければ

たぐひなくめづらしかりし初花をつれなく誘ふ比叡の山風

吹きおろす比叡の嵐のはげしさに若木の桜ちりも残さず

ますら男のこゝろの花は咲きにけり散りても四方に香は匂ひつゝ

天地の神もあはれとおもへばや晴れたる空の雨となりなむ

やがて行く道とおもへばさしてまた先だつ人をなげかざりけり

いたづらに長き日数をおくるかなみやこの春のはなも見ずして

村井政礼隣なるあがりやにありて、常にものいひかはしなど

しけるが、ある時「沖の波のよせてはかゝる磯なれやうき見る人の多き世の中」といひおこしけるかへしに、おなじ心を

おきつ風吹飯のうらの波高み憂目みる身ぞさはによりぬる

又

天つ日の光にやがてかわくらむ君がかづける波のぬれ衣

といひやりければ

慶応三年十二月十二日死　村井修理少進政礼

乾く間も波のぬれ衣きてしより月日をうみもわたるころかな

きみがため捨てし身なれば君がためまたあるときぞ惜しまれもせり

国臣

大内の山のみ竈木樵りてだに仕へまほしき大君の辺に

国事参政などいへる職をとゞめられけることを今更

八重がすみたてるを時とむらがらす群がりあさる小田のたなもの

色ふかくことばの花のさく人はうつろひやすきものとこそきけ

九重の内外もいはず茂りにしおにのしこ草はや枯れにけり
年を経て生ひ茂りぬる夷草枯りはらふべき時や来にけん
いつまでもちかひし事のかはらずば人のうらみも少からまし
えみしらとしるきえみしの外に又国のえみしもある世なりけり
奥山の谷のおち椎ひろはれて世に出んことは人だのめなる
うづもれて月日ふる井に澄む水の底のこゝろをくむ人もがな
御世守るこゝろは猶もおくれねど尽さんことは命なりけり

不知火のつくし人　平野国臣

ひとやのつれ〴〵に、古き新しきよみ哥どもを、この草子にものせよと、太田雅義が求めけるまゝ、ついでも正さず思ひ出づるにまかせて書きつけぬ

元治元年卯月はじめ

立ちさわぐ四方の白浪静まりていつうらやすの名にかへるらん
幽霊画がけるを人の見せければ

鏡にもうつらぬ鬼の姿をばおのれと見するやみのおもかげ

春画を見て

春風にはや誘はれて糸柳とけつ乱れつうちなびくらし
おこしつる人のこゝろも花あやめあなめづらしき花のいろかな
人しれずめでよと折りて送りにし花はひとやのうちにひめ百合
えみし草茂りて道もなかりけりそのかく文字の蟹の横浜
大御旗むかはぬさきに横浜の道の塵よくはらひそめけん
こゝろなき木もてつくれる人がたに罪もいさをもよるのをかしさ

長門に下られける雲上人の御復位をこひのみて

吹きおくる長門の浦の朝風にかさねてにほへ九重のはな
さをとめの立てる姿にともすればおもひまがふる花あやめかな
見るまゝに憂きも忘るゝ姫百合の花はひとやにしらで咲くらん
名にめでゝいとなつかしく見ゆるかなやさしく咲ける姫百合の花
身を摘みて君がこゝろをはかるにもなつかしからん姫百合の花

かへし　　政礼

姫百合の花なつかしきことの葉に君がこゝろの色も見えけり

たをやめの立てるすがた画がきたるを、秋山長清のおくりけるを見て　　国臣

わすれては手折らまほしくおもふまでうつし出だせり花のすがたを
さをとめの立てるすがたは糸柳身を春風となしてなびけん
しきしまの大和錦にくらぶれば唐紅はあやなかりけり
見よやこのやまとをのこの佩く太刀のはがねしめさん四方のえみしに
えみし草茂りて里はあるゝとも踏みわたるべしもののふの道
とらはれと身はなりぬれど天地に恥づるこゝろはつゆなかりけり
わたくしの身のためにせぬことぞとはかねて知るらし天地の神

真木和泉守保臣

世のなかにひきみだれたる四つの緒の一緒もいまは調べあはなくに

四篇

咲く花の風にもまれて散るとてもにほひは君の袖にのこして

武田伊賀守正生　六十二歳

竹切りてふしのあるのをしらずしてやへばのそげのたつぞをかしき

竹内百太郎事　竹中万次郎　三十五歳

梅ばちの花の匂ひにほだされて我が身のちるをしらぬ拙さ

（作者不詳）

右の哥に付きて即吟

つたなさといふこゝろこそ清水浪地震でにごる田沼なりけり

小普請組　国分新太郎　二十一歳

原期二万死一復何悲。　只恨神兵未レ掃レ夷。
魂魄不レ皈二天与地一。　七生二此世一護二皇基一。

筑波より山めぐりせし村しぐれ袖はぬらさでしのぐ加賀笠

書院番頭　武田彦右衛門　四十三歳

玉の緒のたゆとも消えぬおもひこそ我が大君のみかげ守らめ　川上清太郎忠固　二十七歳

あきらかな道守りしも時ならず水のながれもくらがりに入る　ツルガ　雲艸庵

雪おほひせし加賀笠をとりのけて花屋にくれし春の水仙　ツルガ　瑞々

武田家もながき原より流れくるその仁水でそだつ稲株　雲艸庵

雪　松　西川耕蔵直純

松が枝に雪ふりつめど木の間〳〵操の色のもれて見えけり

凪になびく不二の烟の天に消えて行衛もしらぬ我がおもひかな

始末書

先年醜夷掃攘之　勅諚御下に相成、且昨年君公御上洛之砌り、公辺を輔佐し、攘夷の奏二成功一候やうとの被レ蒙二勅命一、天盃までも頂戴遊され、御寵遇不レ過レ之候得ども、未其効顕無レ之、万一　天朝より御咎もあらさせられ候はゞ、水府家の御瑕瑾此上なき御儀と、有志の程忠諫力争尽二粉骨一、公辺へも数度歎願仕候得ども、いまだ御許容遊されず、待命日をおくり候内、予而御存知もあらさせられ候逆臣結城寅寿の残党市川三左衛門、佐藤図書、朝日奈弥太郎等の奸臣当五月中より国内に嘯聚し逆謀を企居候処、五月廿六日従二　天朝一鎖港談判可レ被二仰出一候義相悟り候ては、兼ての逆意齟齬いたすべくと取急ぎ、同月廿五日夜、逆徒市川三左衛門始数百人、弓炮鎗をたづさへ、御関所を破り、小石川邸にいたり、種々の讒言をかまへ、執政諸忠良之臣を退職、あるひは禁錮等に取扱ひ、右様奸徒熾に相成候ては、烈公の忠節は勿論、水府家代ゝの教訓良法一時に滅絶せん事をふかく憂慮仕り、水府へ罷出諸有士各必死をきはめ、小石川邸にいたり、直に君公へ上言し、市川三左衛門始のこらず水府へ追下し候所、諸有士は其まゝのこらず江府に在留し、国元には婦人小児のみ残居候。三奸人ども慎中押て登城いたし、賞罰等我意に執行、金穀武器等自由に取出し、掛りの役人制止いたし候得ば、鎗刀を以て劫し、諸有士国元へ罷下り候はゞ防戦致べく手当を致、川々の橋を落して府下入口には惣而炮台を築き籠城の構を成候旨、江府へ相聞え候に付、有志一同より君公御下国に而直に御取鎮め被二成下一候様上言仕候へども、一円御取用無レ之、不レ被レ為レ得二止事一公辺へ御達遊され、御支族松平大炊頭殿を以て御名代と遊され、水府三奸人御処置の儀御委任在レ之、諸有志一同為二守衛一吉田薬王院にいたり、右之段相通じ候処、奸魁市川三左衛門等承引不レ致のみならず、銃手に命じ、大小炮乱発いたし候に付、此方においては素より戦争の用意無レ之、不レ得二止事一一先湊村まで避け、再炮術稽古場に至り、使者をもつて先方の隊長渡辺半助等へ相諭候得ども、又候発炮いたし候に付、此方も是非なく打掛り及二炮戦数日一候所、城内には祖宗御代ゝの御神主、猶又御母堂貞芳院様始め、御簾中諸公子様方御住居遊され候に付、相憚城の方を避け炮発いたし候処戦果敢取不レ申、再湊村へ退き軍議相定候内、奸徒又々譏を構へ、公辺御目代田沼玄蕃頭殿始諸侯の大兵を以て湊村へ出張致され、其中御代官手附田中恵之助と申者、御目付戸田五助、佐々井半十郎の内意をふくみ、口々湊村へ参り、此度戦争取扱度との存意にて事情を委細に公辺へ申立、無事相趣候様いたし度旨諸有志に申談候に付、大炊頭殿より家老両人を戸田五助陣に至り、事情委細に申述、公辺へ申上度段期限相定候処、諸有志申述候には、戸田五助等是迄正義の者とも不レ承、万一府下奸人どもと謀合、偽て誘引捕るも難レ計故、一先病と称し、使をもつて篤と虚実を明し、其後行て可レ致旨諫事致候処、大炊頭殿申され候には、不レ行候ては兵を腹背に受、保べからず、我行万一和儀整時は国家之大幸、我之死は惜むに足らずとて、諫事を用ひられず、遂に大貫村まで至り、戸田五助に対面し、事情分明に申述られ候得ば、至極尤のいたりに付、是より江府へいたり尽力可レ致旨、五助申候間、大炊頭殿には、其夜松川陣屋へ一泊、翌日御出立江府へ罷上候旨、奥祐筆丹羽恵助、小十人目付片岡為助より使をもつて申来、右に付一同鎮静、公辺御左右相待候内、公辺御人数の内より折々発炮有レ之候得共不二取合一、三十日余り相待居候処、願入寺地内に屯いたし居候奸徒の中より此方戸田信之助、戸沢誠之允、福地勝左衛門、矢野唯允、谷普太郎五人の者へ対談いたし度旨申来候に付、川向出崎と申所へ罷越候、已来往復両度におよび候得ども、何の義を談候哉一切外路へ洩不レ申候処、廿二日八つ時頃にても候哉、御殿地人多集り候に付、仮御殿へ参り候処、執政柳原新左衛門、参政谷鉄蔵、用人谷二郎、其外諸役人詰合、新左衛門申候には、昨夜五人のもの川向へ罷越府下奸徒の内久木直二郎、笠井権六、戸田藤三郎、藤田徳次郎、谷徳之助等対談之処、右の者ども申候には、我々ども公辺出張の隊長和談之議、精誠相談候得ども、唯今と相成候而は、如何とも取はからひ候様無レ之、下先屋近日にては事情相分り、大発の族は浮浪の徒とは異り候よしに候へ共、浮浪へ諸侯の兵を動し候段ふかく恐縮仕候好レ乱弄レ兵の存意無レ之候は勿論に候得ども、有志のもの因循罷在候ては、兼て勅諚も水泡と相成り、綸言汗の如く大義分毫不二相立一候ては臣子の分如何哉と深く憂念仕候衷情より右事件に差移り申候。同穴の闘、固より不本意に存候に付、一先湊村を避け退去いたし候事に御座候間、理非分明相成、微意貫徹いたし候やう仕度意願に御座候。有志の者情実御諒察宜敷御取計被二成下一候、猶一同も如何様の御処置蒙り候とも遺憾無二御座一候、以上。

元治元年　　　　　　　　　　　　　武田伊賀守

子十二月　　　　　　　　　　　　　　正生判

加賀中納言様御内
永原甚七郎殿

私共多人数引率是迄罷登り候次第、先般書取を以て奉二歎願一候通、聊素意上達仕度趣意も御座候処、何分当節の身柄に落入候上は願書等御取上げ難二相成一被二仰渡一奉レ畏候。然る上は時実の行違より移来り候義とは申ながら、公辺御人数被二仰合一候義も有レ之、誠に軍装にて是まで旅行、諸藩為レ致二動揺一候段、実に天下の大法を相犯し不二相済一儀深く奉二恐入一候に付、尊藩軍門へ向一同降伏仕候。何卒此義可レ然被二仰立一如何様にも御所置被二仰付一候様伏て奉二願上一候。右様言上仕候上は、元より決死罷在候義、聊申立筋も無レ之候得ども、只ミ先般奉二歎願一候通、如レ此成行候事情は実に其謂も御座候事にて、曾て奉レ対二公辺へ一御後闇き御意念を懐き、大小博徒同様打取候義は残念の事に候間、此方より公辺の御印は相渡置候。是に掛り居候者へは御構無候間、大発の族一同は天神社内へ一円に相成居可レ申との事に付、夫を必作謀、大炊頭殿を同術に可レ有レ之と申候得ども信用不レ致、依て不レ得レ止御殿地引払、館山常光寺未明入候処、果而公辺御人数御殿へ入込、所々へ致二放火一、公辺より御渡相成候印持居候ものも、一同砲丸に打殺され候様子、依て此地において戦死可致と存候得ども、有志之者残居候分、不レ残殺され候ては、水府家の正義此時に滅し、義を唱候もの絶て無レ之様成行候ては、祖宗および御神霊且先君烈公へ奉レ対大不忠に相当り候間、推て士衆率ゐ罷通り候事に御座候、以上。

一、戊午以来、従二 天朝一醜夷掃攘之 勅諚御下げ遊ばされ候より贈大納言殿日夜憂慮有レ之、防禦の計策数度建白致され候得ども、遂に不レ被レ行、臣子之至情遺憾此上なく、当中納言殿へも、去亥年上京の砌、公辺を補佐し、攘夷の成功を被レ奏候様との蒙二 勅命一 天盃、真の御太刀まで拝受有レ之、帰府致され候得ども何等の効顕も無之候に付、有志の者一同焦心労の思ひ、是非とも醜夷の凌辱を雪ぎ、御国体相立候やうとの存込より決死尽力義気を鼓舞し罷在候処、当子五月従二 天朝一被二仰出一候鎖港の義、公辺より御布告に相成候を、奸徒市川三左衛門等江戸表へ登り、邪説鼓張し、百方相妨候に付、有志の者一同申合、領内湊村へ引取居候処、右奸徒等兵卒を差向け発炮いたし候に付、無レ拠接戦におよび候。然る処、公辺の御人数までも願下し候趣後に承り、挙動候義無レ之処、今更空敷流賊の御名を蒙り候やうにては、千載の後死て遺憾の義に御座候間、武門の情け、貴藩において別而御酌取宜しく御弁解被二成下一候やう奉二願上一候。決死之一語他に申立候義無二御座一候。以上。

子十二月　　武田伊賀守
正生判

加賀中納言様御内
永原甚七郎様

二月廿一日泉州堺妙国寺において切腹被二仰付一、
即刻宿屋町宝珠院に遺骸葬に相成候

辞世　　土州藩　箕浦猪之吉源元章
二十五歳

除二却シテ洋気ヲ一答フ二国恩ニ一。決然トシテ豈不ランヤレ省ミ二人言ヲ一。唯令メバ三大義ヲシテ伝ヘ二千載ニ一。一死元来不レ足ラ論ズルニ。

同　西村左平次源氏同
二十四歳

風にちるつゆとなる身はいとはねどこゝろにかゝる国の行くすゑ

池上弥三吉藤原光則
三十八歳

皇国のために我が身をすてゝこそしげる葎の道ぴらきすれ

大石甚吉藤原良信
三十六歳

我もまた神の御国のたねなればなほいさぎよきけふのおもひで

杉本広五郎源義長
三十四歳

皇国の御ためとなして身命をまつるいまはの胸ぞすゞしき

勝賀瀬三六平稠迅
二十八歳

かけまくも君のみためと一すぢにおもひまよはぬしきしまの道

山本鉄助源利雄
二十八歳

塵ひぢのよしかゝるとも武夫のそこの心はくむ人ぞくむ

森本茂吉藤原重正

人ごゝろくもりがちなる世の中にきよきこゝろの道びらきせむ
三十九歳

身命はかくなるものとうちすてゝとめてほしきは名のみなりけり
北代賢助源正勝
二十六歳

時ありて吹きちるとても桜ばななにかをしまんやまとだましひ
稲田貫之丞藤原槓成
二十八歳

たましひをこゝにとゞめて日のもとのたけきこゝろを四方に示さん
柳瀬常七藤原義好
二十六歳

作者略伝

孝明天皇 御名統仁

御百二十一代の天皇。弘化三年践祚。尊皇・佐幕・攘夷・開港等の論が紛糾する多事多難の幕末時代に際し、御親らその解決につきて宸襟を悩ませられ、明治維新の基礎を開かせ給うた。宝算三十六。慶応二年十二月崩御遊ばされた。

和宮 御名親子

孝明天皇の御妹。文久二年徳川家茂に御降嫁遊ばされ、江戸開城その他に隠れた大功を樹てられた。家茂の薨後、落飾遊ばされ静寛院宮と号せられた。明治十年薨去。御年三十二。

あ

安嶋帯刀 信立

水戸藩士。執政。勅書降下に関して幕府の疑を受け、安政の獄に幽せられ、六年八月自刃す。年四十八。贈正四位。

姉小路公知

公卿。右少将。倒幕攘夷を決行せんと有志と謀る。文久三年五月禁中の評議よりの帰途刺客に殺された。年二十五。贈正二位。

有村次左衛門 兼清

薩摩藩士。雄助の弟。水戸藩鵜飼幸吉の縁者にして、水戸の志士と交り斉昭の知遇を受けた。万延元年三月桜田門外の変に加はり、大老井伊直弼に第一刀を浴びせたといふ。直弼の従士のため重創を負ひ、引上げの途中割腹し果てた。年二十三。贈正五位。

い

池上弥三吉　光則

土佐藩士。堺事件の一人。明治元年二月、妙国寺にて割腹した。年三十八。

伊丹　蔵人　重臣

青蓮院宮諸大夫。安政の大獄に坐し、追放に処せられた。明治に入り男爵を賜はる。明治三十三年歿。年七十一。

稲田貫之丞　槇成

土佐藩士。堺事件の一人。明治元年二月、妙国寺にて割腹した。年二十八。

う

梅田源次郎　定明、号雲浜

若狭小浜藩士。天保元年大津に至り上原立斎に師事しその女を娶る。のち京都に移り住んだ。東湖・象山等と交り、尊攘の事を論じた。和漢の学はもとより蘭学をも修め又詩歌に長じてゐた。安政の獄に幽せられ六年病死。年四十五。贈正四位。

雲　艸　庵

不詳。

お

大石　甚吉　良信

土佐藩士。堺事件の一人。明治元年二月、

妙国寺にて割腹した。年三十八或はいふ三十五、三十六。

大高彦次郎 佑武

水戸藩士。大津之綱等と事を倶にし、文久二年八月獄死。年二十四。

大津彦五郎 之綱

水戸藩士。勅書奉還の事起るに及び同志数百人と長岡村に屯集した。次いで文久元年一月之綱を首魁として武田明徳・富永義達・岡崎維彰・服部経秀・生田目渉・野口正安・興野都栄等数十人玉造村に屯集し、「無二無三日本魂」「進思尽忠」等と大書せる旗幟を飜し、攘夷の先登たらんと声言した。二月自首下獄。文久元年五月絶食獄死。年二十四。贈従五位。

大橋順蔵妻巻子

大橋淡雅の女。野々口隆正について国典を学び、又和歌に長じ、才媛の誉が高い。夫順蔵（訥菴）は尊皇攘夷論者にして、老中安藤信正襲撃に与つたが、事漏れて文久二年正月下獄した。幕吏の家宅捜索の際、巻子はかねてこの事を察し、密書その他を悉く隠蔽し、従容として知らざる旨を述べたといふ。明治十四年十二月歿。年五十九。「夢路日記」の著がある。

か

勝賀瀬三六 稠迅

土佐藩士。堺事件の一人。明治元年二月、妙国寺にて割腹した。年二十五或はいふ二十八。

金子孫二郎　教孝

水戸藩の郡奉行。先手同心頭。勅書を奉戴して攘夷を決行すべきことを主唱し、万延元年三月江戸に潜行、同志十余人をして大老井伊直弼を桜田門外に要撃せしめた。直後遁れて京に奔つたが、伏見にて捕はれ江戸に送致され、文久元年七月斬に処せられた。年五十八。贈正四位。

川上清太郎　忠固

水戸藩の町方同心組。武田耕雲斎に従ひ西上、敦賀にて囚はれ、元治二年二月斬せられた。年二十七或はいふ三十一。

き

北代　賢助　正勝

土佐藩士。堺事件の一人。明治元年二月、妙国寺にて割腹した。年三十六。

木村権之右衛門　葦

水戸藩士。桜田門外の変成つて九州に奔り後潜かに帰国、老中安藤信正要撃の策を運らし之が首謀であつた。文久三年三月病歿。年四十。贈正四位。

興野真之助　都栄

水戸藩の郡吏。大津之綱等と事を倶にし、文久二年八月獄病死。年二十三。

く

日下部祐之進　信政

鹿児島藩士。伊三次の長子。安政五年父の国事に奔走するを輔けて東西に馳駆した。

遂に幕吏に捕へられ流罪に決したが、病のために獄中に歿した。年二十五。贈正五位。

こ

国分新太郎 信義

水戸藩士。筑波の義挙に参じ、西上の途中元治二年二月敦賀に斬られた。年二十一。贈正五位。

さ

斎藤 監物 一徳

水戸藩の人。神官。藤田東湖に学ぶ。万延元年三月桜田門外の変に同志を指揮し、奮闘数創を蒙る。依つて同志四人と老中脇坂邸に自首、斬姦状を呈した。越えて八日創痍のため歿。年三十九。贈従四位。

佐野竹之介 光明

水戸藩士。万延元年三月同志と共に桜田門外に大老井伊直弼を要撃。身に重傷を受けたるも屈せず。老中脇坂邸に自首。斬姦状を呈して間もなく息絶えたといふ。年二十二。贈正五位。

す

杉本広五郎 義長

土佐藩士。堺事件の一人。明治元年二月、妙国寺にて割腹した。

杉山弥一郎 当人

水戸藩士。同志と長岡村に屯集、勅書奉還を妨げん事を議した。万延元年三月桜田門外の変に参加、創を被りながら細川邸に自首した。七月斬に処せられた。年三十九。贈正五位。

瑞々

不詳。

せ

関 鉄之介 遠

水戸藩士。安政五年蝦夷開拓の命を受け、越後より北海に航せんとして水原に到つたが、藩主斉昭幽閉の報を聞き急遽江戸に帰つた。次いで同志と共に長門に赴き、到る所の志士と交り、勤皇の大義を唱導した。万延元年三月桜田門外に井伊大老要撃のこと成るや、身を脱して諸方に潜匿したが、文久元年十月越後雲母温泉に於いて捕吏に縛され水戸赤沼の獄に下つた。翌文久二年江戸に護送され、五月斬に処せられた。年三十九。贈従四位。獄中の詩歌を録して「遺悶集」といふ。

た

高橋多一郎 愛諸

水戸藩士。長岡屯集及び桜田門外の変の首謀。万延元年二月息庄左衛門を携へ木曾を経て大阪に至る。三月桜田事件の報達し、京阪の幕吏警戒を厳にし、探索も亦甚しく二十三日幕吏の来り囲む裡を、天王寺坊官小川俊直の家に到り、庄左衛門と共に従容として自刃した。年四十七。贈正四位。

高橋兵部権大輔 俊壽

京都の人。代々鷹司家の諸大夫の家。正四位。夙に憂国の志深く、頼三樹三郎等と交る。安政五年十二月捕縛され、江戸に送られて、阿部邸に幽せられる。翌年十月禁錮の刑に処せられたが、憂憤発病して慶応二年一月歿した。年六十二（実は六十）。

武田信之介　明徳

水戸藩士。大津之綱と始終事を倶にし、文久二年七月獄死した。年二十。

武田彦右衛門　正勝

水戸藩士。書院番頭。耕雲斎の長男。終始父と共に行動し、西上の途中元治二年二月敦賀にて同じく斬られた。年四十三。贈従四位。

武田伊賀守正生　号耕雲斎

水戸藩の執政。所謂水戸正党の首領。斉昭に仕へて尊皇攘夷を唱へ、屡ゝ幕府の忌むところとなつた。安政六年幕府斉昭を水戸に幽し、勅書奉還を迫るや、藩内に義徒が鋒起した。それら義徒は皆耕雲斎が養ふ所の士である。慶篤歿して正党斥けられ、佐幕・開港論の奸党振つたが、慶喜に用ひられ、京都に下つて禁闕に拝謁を許され、大いに面目を得た。しかるに元治元年春奸党市川三左衛門・朝比奈弥太郎等共に謀り、耕雲斎のなきを時として幕府と通じ、正党の職を免じて之を幽した。正党藤田小四郎等茲に兵を筑波山に挙げた。幕府は水戸の支藩松平大炊頭頼徳にこれが鎮撫を命じ、頼徳直ちに兵を率ゐて江戸を発したが、途中耕雲斎と会見、却つてその義挙なるを知り、共に水戸に赴き奸党を一掃せんとした。時に八月十日。兵四千を擁し、筑波の諸軍も来り兵勢大いに振ふ。奸党懼れ詭つて頼徳を城中に入れて之を自裁せしめ、幕府の援軍を得て四方より耕雲斎を包囲し攻防一ケ月に及ぶ。耕雲斎は遂に闕下にその志を訴へんと西上の策を決し、手勢千二三百名を率ゐて囲みを脱し、両毛信濃より美濃に転戦し一路京師に進まんとしたが、大垣に大軍あるを聞き北に転じ、越前に出た。大雪に諸兵凍え前後に大軍を受け、進退全く窮して、遂に加賀藩の軍門に降つた。耕雲斎等は敦賀に移され、元治二年二月四日領袖二十四名悉く斬に処せられ、次いで総員七百七十余名中三百二十八名殺された。余は天朝の旨を拝するに及んで追放流刑に処せられた。耕雲斎時に六十二。贈正四位。「武田耕雲斎詳伝」(昭和十一年刊)がある。

竹中万次郎　竹内百太郎延秀

水戸藩の郷士。佐久間象山の門人。夙に憂国の志篤く、志士と交を結んだ。長岡屯集に関係し、筑波山の義挙に参加。耕雲斎等と西上し、元治二年二月敦賀に斬せられた。年三十五。贈従四位。

ち

長藩の婦人

不詳。

て

手塚強介　児島草臣、号葦原処士・寸鉄処士

下野宇都宮の商人。藤田東湖に学び、皈りて尊皇の大義を説く。桜田門外の義挙あるや、尊皇の事行はるべしと大いに喜んだが、老中安藤信正また井伊大老の遺轍を踏んだので奮然として憤り、大橋訥菴等と謀り同志を語らつた。偶〻病に倒れ家に留つたが、坂下の変後間もなく捕へられ、江戸の獄に投ぜられた。文久三年六月獄中に病死。年二十六。贈従五位。

手塚強介妻　みつ　操

下野宇都宮の里長手塚藤兵衛の女。母益と共に夫を励まして国事に奔走せしめた。

手塚強介母　ます　益

手塚藤兵衛の妻。賢にして女丈夫の誉高く、常に養子強介を励まし国事に奔走せしめた。強介の獄にあるや、妻操と共に窃かに来り見え、「汝君国の為に死す。妾等また憾む所なし」と曰つたと伝へる。

伴林　六郎　光平　と

河内の人。元真宗の僧であつたが、後摂津の中村良臣・因幡の祠官飯田秀雄につき国学を学び、和歌を修業し、伴林六郎光平と改名した。又加納諸平・伴信友にも学んだ。文久二年天忠組の大和義挙に加はり、記録方兼参謀となり、各地に転戦したが、軍敗れて長州に奔らんとして捕へられ、元治元年二月京都六角の獄に斬られた。年五十二。贈従四位。著書「南山蹈雲録」

富永　義達　謙蔵　な

水戸藩の郡吏。大津之綱等と事を倶にし、文久二年七月獄死。年五十三。

生田目仙右衛門　渉

水戸藩の中間。大津之綱等と尊攘の議を唱

へ、玉造に屯集し、後に自訴して下獄。永牢に処せられた。

に

西川　耕蔵　正義、字直純

近江中浜の人。梅田雲浜に学ぶ。文久三年松本奎堂・藤本鉄石等が中山忠光を奉じて兵を大和に挙ぐるに当り、密かに軍資を給し、援助する所があつた。元治元年六月京都三条池田屋にて新撰組に捕へられ、慶応元年二月六角の獄に於いて歿した。年四十三。贈従五位。

西村左平次　氏同

土佐藩士。堺事件の一人。明治元年二月、妙国寺にて割腹した。年二十五。或はいふ二十四。

の

野口哲太郎　正安

水戸藩士。藤田東湖に学ぶ。勅書奉還の事起るや、大いに憤慨し木村権之右衛門等と長岡に屯して、之を阻止せんとした。奸徒市川三左衛門のために鶯谷の獄に投ぜられ幽囚三年。出獄後も憂憤愈〻甚しく文久三年歿した。年三十一。獄中の唱和を手録したものを「鶯谷集」といふ。

野村彝之助　鼎実

水戸藩士。側用人。同志と桜田・坂下要撃の事を図つた。後一藩の重鎮として声望高かつた。明治二十一年八月歿。年六十五。贈従六位。

は

蓮田市五郎　正実

水戸藩士。寺社方手代。斎藤監物と交り、万延元年三月桜田門外の義挙に参加した。同志三人と老中脇坂邸に自首、斬姦状を呈した。細川邸に幽せられ、後本多邸に移され、文久元年七月斬に処せられた。年二十九。贈正五位。性至孝、囚中よりその母姉に寄せた書は情義紙に溢れ有名なものである。

服部豊次郎　経秀

水戸藩願入寺の寺侍。大津之綱等と事を謀る。文久二年七月獄死した。年十九。

ひ

平野　次郎　国臣

福岡藩士。国学に長じ国史・故実に通じてゐた。夙に尊皇の志に篤かつた。安政五年攘夷の詔下ると聞き大いに喜び、京都に出で、頼三樹三郎・梅田雲浜等の同志と往来画策する所があつたが、安政の大獄に追捕を逃れ皈国、更に僧月照と薩摩に下つた。幕吏の追躡益〻急なるにより、西郷隆盛・月照と共に海路日向に奔らんとした。追手の船影と誤解し西郷・月照相擁して入水。国臣京に入つて討幕の事を謀る。長門筑後に赴き同志を募つた。文久元年薩摩に赴き島津和泉守久光尊攘の志あるを聞き、著す所の「尊攘英断録」「培覆論」を献じた。文久三年大和の義挙起るや、朝旨を奉じて鎮撫に向つたが、既に幕兵と開戦すると聞き途より還つた。やがてこれに呼応して生野に兵を挙げた。大和の敗聞伝はり士気沮喪し、遂に事成らずして豊岡藩士に捕へられ京都に檻送された。越えて翌元治元年七月蛤御門の変の際、同四三十七人と共に六角の獄中に斬られた。年三十七。贈正四位。「平野国臣伝記及遺稿」（大正五年刊）がある。

ほ

細谷　忠斎　平山兵助繁義

水戸藩士。勅書奉還の議起るや、同志二人と共に京阪に赴き、大いに為す所あらんとしたが、幕府の警戒厳重を極め、同志また縛に就いたので遁れて江戸に潜入し細谷忠斎と変名し医を営んだ。文久二年正月身を旅僧に装つて、同志数名と共に老中安藤信正を坂下門外に要撃したが、警固の士に阻まれて果たさず仆れた。年二十二。贈従五位。

ま

真木和泉守　保臣、号紫灘

筑後久留米水天宮の祠官。水戸に遊び会沢正志斎に師事した。嘉永五年春、時務を痛論し封事を藩侯に呈した為に罪を獲、弟信臣の家に幽せられた。是より屏居数年の間密かに諸方の志士と会し、尊攘の挙を画策した。深く音楽を好み、坐右に常に三鼓三管を備へ、その幽囚の間にも子弟と共にうたひ楽しむ様禁錮中の人とは見えなかつたといふ。文久元年冬ひそかに平野国臣を薩摩にやり、島津久光に建言する所があつた。翌年自身も窃かに脱して鹿児島に赴き、更に上京した。伏見の変に際会し、再び久留米に幽囚の身となる。三年二月ゆるされ、藩主の命を帯びて薩摩に使したが、藩議一転し帰国後禁錮に遇ふ。朝命を蒙つてわづかに免れ京師に入つた。三条中山諸卿の信任を受けたが、七卿西下に当つてこれに従つた。元治元年五月七卿復官長州侯解寃のため自ら忠勇隊を率ゐ山崎天王山に屯して、薩摩・会津の兵と戦つたが利あらず。その際負傷天王山に還り同志と共に従容として自刃した。時に七月二十一日。年五十二。「真木和泉守遺文」（大正二年刊）贈正四位。

真木和泉守娘

和泉守の末女。

み

箕浦猪之吉　元章、号仏山

土佐藩士。堺事件の隊長。明治元年二月歩兵小隊司令として泉州堺を警備中、同十五日仏蘭西軍艦の水兵が禁を犯して港内を測量し、且つは上陸して狼藉を働いた。箕浦はこれが鎮撫のため兵を率ゐて出張したがつひに衝突発砲し仏兵二十名を殺傷した。かくて仏国公使の抗議の結果死を賜はり、同志十名と共に二十三日妙国寺庭において割腹した。その死するに臨んで、彼は臨場の仏人を睥睨しつゝ、「夷人吾が割腹を見よ」といひ、徐ろに刀を腹中に当て、引き廻し抽きてこれを三宝の上に置き、なほ端然たるま、死に就いたといふ。年二十五。森鷗外の「堺事件」に詳しい。

む

村井修理少進　政礼

尾張国斎聖寺権少僧都某の子。出でゝ村井氏を嗣ぎ、蔵人所に出仕して修理少進となつた。人となり俊豪にして博く和漢の学を修め又兵法に達してゐた。嘉永・安政の間諸国の志士と往来して攘夷に奔走したが、文久三年九月幕吏に捕へられ獄に下る。慶応三年十二月遂に斬られた。年三十七。贈正五位。

も

森　五六郎　直長

水戸藩士。安政の末勅書奉還の事起るや同志と長岡村に屯集し阻止せんとした。翌年三月桜田門外の変に率先して短銃を放つて前駆を乱し、大老刺殺の目的を達した。変後細川邸に自首、稲葉邸に幽せられ、文久元年七月斬に処せられた。年二十二。贈正五位。

森本　茂吉　重正

土佐藩士。堺事件の一人。明治元年二月妙国寺にて割腹した。年三十九。

森山繁之輔　政徳

水戸藩士。勅書奉還の事起るに及び同志と長岡に屯集し、遂に潜行して江戸に至り、万延元年三月桜田門外に井伊大老を要撃した。変後細川邸に自首した。言語明晰、諸有司の惜しむところであつたといふ。田村邸に移され、文久元年七月斬に処せられた。年二十七。贈正五位。

や

柳瀬　常七　義好

土佐藩士。堺事件の一人。明治元年二月妙国寺にて割腹した。年二十六。

山田勘解由　時章、号宣風、不倦斎

青蓮院宮家臣。安政の大獄に連坐し、江戸に檻送せられ後赦さる。明治三十一年歿。年六十五。

山本　鉄助　利雄

土佐藩士。堺事件の一人。明治元年二月妙国寺にて割腹した。年二十八。

よ

吉田寅次郎　矩方、号松陰、二十一回猛士

長門藩士。杉氏より出で、吉田氏を継いだ。嘉永六年米艦江戸湾に入り騒然たる時、江戸に来つて攘夷策を論じ、佐久間象山を訪うて海外の形勢を聴いた。魯艦・米艦に便乗せんとして果さなかつた。これがため国に禁錮の身となつたが程なく赦された。愈〻尊攘の大義を主唱し、安政の大獄に江戸に檻致された。幕吏の訊問するに際し従容対ふに秕政の弾劾と権臣芟除の事を以てし、意気厳厲少しも平日に異ならなかつたといふ。六年十月二十七日遂に獄に斬られた。年三十。贈正四位。「吉田松陰全集」がある。

ら

頼三樹三郎　醇

頼山陽の第三子。京鴨川の辺の三本木町に生まれたので三樹三郎と称した。安政の大獄に連坐し、江戸に送られて阿部邸に幽せられた。囚中に高橋兵部権大輔・伊丹蔵人・山田勘解由と詩歌を唱和し、阿部家の番士萩原某これを輯めて「四英獄窓唱和集一名骨董集」と名づけた。安政六年十月斬に処せられた。年三十四。贈正四位。

を

岡崎市太郎　維彰

水戸藩士。先手同心組。大津之綱と事を倶にし、文久二年六月獄死した。年三十四。

本書は主に以下の著作を底本、参考文献とした。

○『勤皇文庫第四巻　志士文篇』大正八年　財団法人社会教育協会刊（昭和十六年改訂再版）
○『河井継之助伝』（今泉鐸次郎著）　昭和六年　目黒書店刊
○『幕末愛国歌』（川田順著）　昭和十八年　第一書房刊
○『歎涕和歌集』（宮地維宣編　広田栄太郎校註）　昭和十八年　岩波書店刊
○『註解　雲井龍雄詩集』　昭和十三年　龍雄宣揚会刊
○『雲井龍雄研究　詩篇』（安藤英男著）　昭和四十八年　明治書院刊
○『新版　龍馬のすべて』（平尾道雄著）　昭和六十年　高知新聞社刊

近代浪漫派文庫　1　維新草莽詩文集

二〇〇七年六月十一日　第一刷発行
二〇一三年七月十日　第二刷発行

著者　藤田東湖ほか／発行者　中川栄次／発行所　株式会社新学社　〒六〇七―八五〇一　京都市山科区
東野中井ノ上町一一―三九　ＴＥＬ〇七五―五八一―六一六三
印刷・製本＝天理時報社／編集協力＝風日舎

ISBN 978-4-7868-0059-7

◉近代浪漫派文庫刊行のことば

文芸の変質と近年の文芸書出版の不振は、出版界のみならず、多くの人たちの夙に認めるところであろう。そうした状況にもかかわらず、先に『保田與重郎文庫』(全三十二冊)を送り出した小社は、日本の文芸に敬意と愛情を懐き、その系譜を信じる確かな読書人の存在を確認することができた。

その結果に励まされて、専ら時代に追従し、徒らに新奇を追うごとき文芸ジャーナリズムから一歩距離をおいた新しい文芸書シリーズの刊行を小社は思い立った。即ち、狭義の文学史や文壇に捉われることなく、浪漫的心性に富んだ近代の文学者・芸術家を選んで四十二冊とし、小説、詩歌、エッセイなど、それぞれの作家精神を窺うにたる作品を文庫本という小宇宙に収めるものである。

以って近代日本が生んだ文芸精神の一系譜を伝え得る、類例のない出版活動と信じる。

新学社

近代浪漫派文庫（全四十二冊）

①**維新草莽詩文集** 歎涕和歌集／藤田東湖／月性／吉田松陰／清川八郎／伴林光平／真木和泉／平野国臣／坂本龍馬／高杉晋作／河井継之助／雲井龍雄 ほか8名

②**富岡鉄斎** 旅行記／随筆／画論／漢詩／和歌 **大田垣蓮月** 和歌（海人のかる藻／拾遺）／消息

③**西郷隆盛** 遺教／南洲翁遺訓／漢詩 **乃木希典** 漢詩／和歌

④**内村鑑三** 西郷隆盛／ダンテとゲーテ／余が非戦論者となりし由来／歓喜と希望／所感十年ヨリ **岡倉天心** 東洋の理想（浅野晃訳）

⑤**徳富蘇峰** 嗟呼国民之友生れたり／『透谷全集』を読む／還暦を迎ふる一新聞記者の回顧／紫式部と清少納言／敗戦学校／宮崎兄弟の思ひ出 ほか

黒岩涙香 小野小町論／『一年有半』を読む／藤村操の死に就て／朝報は戦ひを好む乎

⑥**幸田露伴** 五重塔／太郎坊／観画談／野道／幻談／鵞鳥／雪たゝき／為朝／評釈炭俵ヨリ

⑦**正岡子規** 子規句抄／子規歌抄／歌よみに与ふる書／小園の記／死後／九月十四日の朝

高浜虚子 自選虚子秀句（抄）／斑鳩物語／落葉降る下にて／椿子物語／発行所の庭木／進むべき俳句の道

⑧**北村透谷** 楚囚之詩／富嶽の詩神を思ふ／蝶のゆくへ／みゝずのうた／内部生命論／厭世詩家と女性／人生に相渉るとは何の謂ぞ ほか

高山樗牛 滝口入道／美的生活を論ず／文明批評家としての文学者／内村鑑三君に与ふ／『天地有情』を読みて／清見潟日記／郷里の弟を戒むる書／天才論

⑨**宮崎滔天** 三十三年之夢／侠客と江戸ッ児と浪花節／浪人界の快男児宮崎滔天君夢物語／朝鮮のぞ記

⑩ 樋口一葉　たけくらべ／大つごもり／にごりえ／十三夜／ゆく雲／わかれ道／につ記―明治二十六年七月　一宮操子　蒙古土産

⑪ 島崎藤村　桜の実の熟する時／藤村詩集ヨリ／前世紀を探求する心／海について／歴史と伝説と実相／回顧（父を追想して書いた国学上の私見）

⑫ 土井晩翠　土井晩翠詩抄／雨の降る日は天気が悪い／漱石さんのロンドンにおけるエピソード／名犬の由来／学生時代の高山樗牛　ほか

上田敏　海潮音／忍岡演奏会／『みだれ髪』を読む／民謡／飛行機と文芸

⑬ 与謝野鉄幹　東西南北／鉄幹子（抄）／亡国の音　与謝野晶子　みだれ髪／晶子歌抄／詩篇／ひらきぶみ／清少納言の事ども／紫式部の事ども／和泉式部の歌／産褥の記／ロダン翁に逢った日／婦人運動と私／鰹

⑭ 登張竹風　如是経／美的生活論とニイチエ

生田長江　夏目漱石氏を論ず／鷗外先生と其事業／ブルヂョアは幸福であるか／有島氏事件について／無抵抗主義、百姓の真似事など／『近代』派と『超近代』派との戦／ニイチエ雑観／ルンペンの徹底的革命性／詩篇

⑮ 蒲原有明　蒲原有明詩抄／ロセッティ訳詩ヨリ／飛雲抄ヨリ

薄田泣菫　薄田泣菫詩抄／大国主命と葉巻／森林太郎氏／お姫様の御本復／鵞鳥と鰻／茶話ヨリ／艸木虫魚ヨリ

⑯ 柳田国男　野辺のゆき丶（初期詩篇ヨリ）／海女部史のエチュウド／雪国の春／橋姫／妹の力／木綿以前の事／昔風と当世風／米の力／家と文学／野草雑記／物忌と精進／眼に映ずる世相／不幸なる芸術／海上の道

⑰ 伊藤左千夫　左千夫歌抄／春の潮／牛舎の日記／日本新聞に寄せて歌の定義を論ず

佐佐木信綱　思草／山と水と／明治大正昭和の人々ヨリ

⑱ 山田孝雄　俳諧語談ヨリ　新村出　南蛮記ヨリ

⑲ 島木赤彦　自選歌集十年／柹蔭集／歌道小見／赤彦童謡集ヨリ／随見録ヨリ　斎藤茂吉　初版赤光／白き山／思出す事ども　ほか

⑳ 北原白秋　白秋歌抄／白秋詩抄　吉井勇　自選歌集／明眸行／蝦蟆鉄拐

㉑萩原朔太郎　朔太郎詩抄／虚妄の正義ヨリ／絶望の逃走ヨリ／猫町／恋愛名歌集ヨリ／郷愁の詩人与謝蕪村／日本への回帰／
〈機織る少女〉楽譜　ほか

㉒前田普羅　前田普羅句抄／大和閑吟集／山廬に遊ぶの記／ツルボ咲く頃／奥飛騨の春／さび・しほり管見
原石鼎　原石鼎句抄／或る時／母のふところ／水神にちかふ／暖気／荻の橋／二枚のはがき

㉓大手拓次　拓次詩抄／日記ヨリ（大正九年）
佐藤惣之助　惣之助詩抄／琉球の雨／寂漠の家／夜遊人／道路について／『月に吠える』を読んで後／大樹の花・室生君／最近歌謡談義

㉔折口信夫　雪まつりの面／雪の島ヨリ／古代生活の研究―常世の国／信太妻の話／柿本人麻呂／恋及び恋歌／
小説戯曲文学における物語要素／異人と文学と／反省の文学源氏物語／女流の歌を閉塞したもの／俳句と近代詩／
詩歴一通―私の詩作について／口ぶえ／留守ごと／日本の道路／詩歌篇

㉕宮沢賢治　春と修羅ヨリ／雨ニモマケズ／鹿踊りのはじまり／どんぐりと山猫／注文の多い料理店／ざしき童子のはなし／よだかの星／
なめとこ山の熊／セロ弾きのゴーシュ　早川孝太郎　猪・鹿・狸

㉖岡本かの子　かろきねたみ／老妓抄／雛妓／東海道五十三次／仏教読本ヨリ　上村松園　青眉抄ヨリ

㉗佐藤春夫　殉情詩集／和奈佐少女物語／車塵集／西班牙犬の家／窓展く／F・O・U／のんしやらん記録／鴨長明／秦淮画舫納涼記／
別れざる妻に与ふる書／幽香嬰女伝／小説シャガール展を見る／あさましや漫筆／恋し鳥の記／三十一文字といふ形式の生命

㉘河井寛次郎　六十年前の今ヨリ　棟方志功　板響神ヨリ

㉙大木惇夫　詩抄（海原にありて歌へる／風・光・木の葉／秋に見る夢／危険信号）／天馬のなげきヨリ
蔵原伸二郎　定本岩魚／現代詩の発想について／裏街道／狸犬／目白師／意志をもつ風景／谿谷行

㉚中河与一　歌集秘帖／氷る舞踏場／鏡に這入る女／円形四ッ辻／はち／香妃／偶然の美学／「異邦人」私見
横光利一　春は馬車に乗つて／榛名／睡蓮／橋を渡る火／夜の靴ヨリ／微笑／悪人の車

㉛ 尾崎士郎　蜜柑の皮／篝火／瀧について／没落論／大関清水川／人生の一記録

㉜ 中谷孝雄　二十歳／むかしの歌／吉野／抱影／庭

㉝ 川端康成　伊豆の踊子／抒情歌／禽獣／再会／水月／眠れる美女／片腕／末期の眼／美しい日本の私

㉞ 「日本浪曼派」集　中島栄次郎／神保光太郎／保田与重郎／亀井勝一郎／芳賀檀／木山捷平／中村地平／十返一／緒方隆士　ほか6名

㉟ 立原道造　萱草に寄す／暁と夕の詩／優しき歌／あひみてののちの　ほか　津村信夫　戸隠の絵本／愛する神の歌／紅葉狩伝説　ほか

㊱ 蓮田善明　有心（今ものがたり）／森鷗外／養生の文学／雲の意匠

㊲ 伊東静雄　伊東静雄詩集／日記ヨリ

㊳ 大東亜戦争詩文集　大東亜戦争殉難遺詠集／三浦義一／影山正治／田中克己／増田晃／山川弘至

㊴ 岡潔　春宵十話／日本人としての自覚／日本的情緒／自己とは何ぞ／宗教について／義務教育私話／創造性の教育／かぼちゃの生いたち／六十年後の日本／唯心史観　胡蘭成　天と人との際ヨリ

㊵ 小林秀雄　様々なる意匠／私小説論／思想と実生活／満洲の印象／事変の新しさ／歴史と文学／当麻／無常といふ事／平家物語／徒然草／西行／実朝／モオツアルト／鉄斎Ⅰ／鉄斎Ⅱ／蘇我馬子の墓／古典をめぐりて 対談（折口信夫）／還暦／感想

㊶ 前川佐美雄　植物祭／大和／短歌随感ヨリ

㊷ 清水比庵　野水帖（歌集の部）／紅をもてヨリ

㊸ 太宰治　思ひ出／魚服記／雀こ／老ハイデルベルヒ／清貧譚／十二月八日／貨幣／桜桃／如是我聞ヨリ

㊹ 檀一雄　美しき魂の告白／照る陽の庭／埋葬者／詩人と死／友人としての太宰治／詩篇

㊺ 今東光　人斬り彦斎　五味康祐　喪神／指さしていう／魔界／一刀斎は背番号6／青春の日本浪曼派体験／檀さん、太郎はいいよ

㊻ 三島由紀夫　十五歳詩集／花ざかりの森／橋づくし／憂国／三熊野詣／卒塔婆小町／太陽と鉄／文化防衛論